나는 백석이다

1판 1쇄 인쇄 | 2024년 02월 01일
1판 1쇄 발행 | 2024년 02월 06일

지 은 이 | 이동순
펴 낸 이 | 천봉재
펴 낸 곳 | 일송북

주   소 | 서울시 성북구 성북로 4길 27-19(2층)
전   화 | 02-2299-1290~1
팩   스 | 02-2299-1292
이 메 일 | minato3@hanmail.net
홈페이지 | www.ilsongbook.com
등   록 | 1998. 8. 13(제 303-3030000251002006000049호)

현대

모국어로 민족혼과 향토를 지켜낸 민족시인

나는 백석 이다

이동순 지음

알토북

깊은 슬픔을 사랑하라

분단의 태풍 속에서 나는 망각의 시인이었
다. 하지만 한국의 독자들은 다시 내 시에
영혼의 불을 지폈다. 나는 언제나 외롭고 높
고 쓸쓸한 시인이다.

-백석이 독자에게-

한국을 만든 인물 500인을 선정하면서

일송북은 한국을 만든 인물 5백 명에 관한 책들(5백 권)의 출간을 기획하여 차례대로 펴내고 있습니다. 이는 긍정적이든 부정적이든 우리 역사에 뚜렷한 족적을 남긴 인물들의 시대와 사회를 살아가는 삶을 들여다보고 반성하며, 지금 우리 시대와 각자의 삶을 더욱 바람직하게 이끌기 위해서입니다. 아울러 한국인의 정체성은 무엇인가를 폭넓고 심도 있게 탐구하는, 출판 사상 최고·최대의 한국 인물 총서가 될 것입니다.

시리즈의 제목은 「나는 누구다」로 통일했습니다. '누

구'에는 한 인물의 이름이 들어갑니다. 한 인물의 삶과 시대의 정수를 독자 여러분께 인상적·효율적으로 전할 것입니다. 무엇보다 지금 왜 이 인물을 읽어야 하는가에 충분히 답해 나갈 것입니다.

이번 한국 인물 500인 선정을 위해 일송북에서는 역사, 사회, 문화, 정치, 경제, 국방, 언론, 출판 등 각 분야의 전문가들로 선정위원회를 구성했습니다. 선정위원회에서는 단군시대 너머의 신화와 전설쯤으로 전해오는 아득한 상고대부터 아직도 우리 기억에 생생한 20세기 최근세까지의 인물들과 그 시대들에 정통한 필자를 선정하고 있습니다.

우리는 지금 최첨단 문명시대를 살고 있습니다. 인터넷으로 실시간 글로벌시대를 살고 있으며 인공지능 AI의 급속한 발달로 인간의 정체성마저 흔들리고 있음을 절감하고 있습니다.

이러한 때일수록 인간의, 한국인의 정체성이 더욱 절실히 요구되고 있습니다. 그 정체성은 개인이나 나라의 편협한 개인주의나 국수주의는 물론 아닐 것입니다. 보수와 진보 성향을 아우르는 한국 인물 500은 해당 인물의 육성으로 인간 개인의 생생한 정체성은 물론 세계와 첨단 문명시대에서도 끈질기게 이끌어나갈 반만년 한국인의 정체성, 그 본질과 뚝심을 들려줄 것입니다.

차 례

백석 시인의 구술(口述)을 받아 적다

　백석(白石)이란 시인의 존재는 이제 한국 현대시사에서 가장 우뚝하고 빛나는 부동의 성채(城砦)다. 식민지와 분단을 겪으며 대부분의 시인이 그 시대의 불량한 중심 세력에 타협하거나 굴종하는 삶을 살았다. 육당(六堂)과 춘원(春園)이 그랬고, 미당(未堂)과 팔봉(八峰) 등이 그러했다. 후대의 우리는 그들에게 더는 어떤 것을 배우거나 참고할 만한 것을 찾지 못한다. 그것이 한국 현대문학사의 가장 참담한 정신적 빈곤이었다. 시인은 어떤 경우건 자신에게 닥친 위기와 한계를 딛고 넘어서는 최대치의 삶을 살아야 하는 것이다. 그게 시인에게 맡겨진 시대적 소명이자 책무다. 그저 알량한 작품 몇 편만 써서 발표한다고 해서 결코 시인의 반열에 오르지 못한다.

자신에게는 철저히 가혹하고 작품성의 승화를 위해서 모든 역량을 바쳤던 시인이 우리 문학사에 과연 몇 명이나 있는가. 이런 점이 늘 아쉬움으로 가득했었는데 오늘 우리가 소개하는 주인공인 시인 백석을 비롯하여 이용악(李庸岳, 1914~1971), 오장환(吳章煥, 1918~1951) 등 소수의 시인들은 우리가 요구하는 진정한 시인의 삶을 살았다. 비록 그들의 삶은 곤고하였으나 남긴 작품과 정신적 발자취는 세월이 갈수록 눈부시게 빛난다. 우리 문학사에 이런 시인들이 있었던 게 참으로 자랑스럽고 다행이란 생각을 한다.

백석의 경우 가장 첨단적인 외국 문학의 여러 경향이나 기법을 일본에서 공부하고 돌아왔지만 놀라운 것은 그의 오산학교 선배였던 소월(素月)과 마찬가지로 그가 우리 겨레의 전통 분야에 깊이 몰입했다는 점이다. 소월이 겨레의 가슴에 켜켜이 쌓인 한과 애달픔을 주로 다루었다면 백석은 풍속과 고향을 모국어를 통해 지키려고 안간힘을 썼다. 백석은 외국 문학을 전공한 경험을 바탕으로 시를 쓰더라도 정신적 자존감과 중심을 잃지 않았다. 그 때문에 오히려 더욱 빛나는 문학정신을 성취할 수 있었다.

백석 문학의 가장 으뜸가는 성취라면 민족 언어를 더욱 반짝이는 보석으로 갈고 닦고 다듬어서 세계화하는 데 성공했다는 점이다. 그냥 버려두면 투박하며 진부할 수도 있는 방언을 시작품 공간으로 이끌어 와서 정성어린 세공과 정련의 과정을 거쳐 마침내 놀라운 민족시로 승화시켰다. 그리고 그러한 활동은 자기시대의 위기에 대응하는 시인의 철저한 전략이기도 했다. 독자들이 백석 문학에 무한하게 찬탄하고 심취하며 그를 통해 줄곧 삶의 위로를 받는 까닭은 바로 여기에 있다.

1987년 11월, 나는 그때까지 한국에서 읽는 것이 금지되었던, 백석 시인의 흩어진 시작품을 모아서 엮은『백석시전집』을 발간했다. 학계와 문단의 반응은 뜨거웠다. 우리 문학사가 잃어버렸던 한 시인의 성취를 부활시켰다고 언론에서도 연일 대서특필했다. 그 후 백석 시인은 민족

문학사에서 당당하고 화려하게 복원되었다. 한국 문학사에서 독자들이 가장 사랑하는 시인으로 등극했다. 이 작업을 분단 이후 최초로 내가 직접 해낸 것에 대해 말할 수 없는 감개와 자부심을 느낀다. 그로부터 36년이라는 세월이 흘렀다. 무덤이 북한에 있어서 직접 찾아갈 수도 없지만 나는 틈틈이 백석 시인에게 우리 문학의 현재와 방향성에 대해 근원적 질문을 드리곤 한다. 그러면 시인께서는 어느 틈에 가까이로 오셔서 내 물음에 대해 아주 나직하고 은근한 목소리로 당신의 관점과 생각을 조곤조곤 들려주신다.

그러던 어느 날 나는 시인의 혼령을 모셔 와서 당신이 살아온 삶의 이야기를 본격적 구술로 회고하는 자리를 만들고 싶었다. 그리고 그 기록을 독자들에게 생생하게 전해주고 싶었다. 이 책은 내가 백석 시인의 영혼과 직접 대면해서 당신의 기나긴 구술(口述)을 그대로 정리한 것이다. 그러니까 사실상 백석 시인의 회고록이다. 비록 저자명이 내 이름으로 표기되어 있긴 하지만 실질적 저자는 백석 시인이다. 책의 제목을 『나는 백석이다』라 정하고 자리를 마련했을 때 시인께서는 내 호젓한 시간에 찾아와서 눈을 지그시 감은 채 아득히 흘러간 시절의 여러 일을 낱낱이 회고하셨다. 그리곤 그간 가슴속에 감추어진, 장강대하(長江大河) 같은 내밀한 여러 이야기를 찬찬히 들려주었다.

어떤 측면에서 나는 백석 시인의 영혼에 빙의(憑依)가 되어 당신의 말씀을 단지 열심히 대필하며 옮겨 적었을 뿐이다. 지난날 믿었던 친구에게 배신당했던 참담한 심정, 만주 시절의 끝없는 허탈감, 해방 후 북한 문단에서 극도로 소외되었던 분노와 회한의 심정, 삶의 허탈과 덧없음 따위를 있는 그대로 낱낱이 들려주셨다. 지금은 세상에 계시지 않는 백석 시인의 넋을 모셔 와서 깊은 밤 마주 앉아 영적인 교감을 했던 경험은 지금 생각해도 몸 떨리도록 소중한 감동과 감격의 시간이었다. 독자 여러분은 이 책을 통해서 그간 알려지지 않았던 백석 시인의 여러 흥미로운 사연과 이야기들을 만나보시기 바란다.

나는 백석이다

시인의 부활

1987년은 백석(白石, 1912~1996) 시인의 나이 75세가 되던 해다.

그때 시인은 저 머나먼 북방의 양강도 삼수군 관평리 언덕에서 초라한 노인으로 생존해 있었다. 하지만 남녘 땅 서울에서 『백석시전집』(창비, 1987)이 발간된 것을 전혀 모르고 계셨다. 당신의 전집이 발간된 사실을 알았다면 얼마나 기뻐하고 흐뭇해하셨을 것인가. 이런 감격적인 소식을 귀띔해 주는 사람은 가까이에 아무도 없었다.

그 어떤 정보도 소식도 모두 차단되고 완전히 소외·절연된 한반도 북방의 깊은 산골에서 가난한 양치기로 늙어 간 한 시인의 모습을 떠올린다. 자신의 이름으로 제정된 백석문학상도 한국의 젊은 시인들에게 해마다 수여되었고, 현재 한국에서는 백석 시인을 연구하는 젊은 학자들의 연구논문과 단행본 및 전집이 계속 줄을 이어서 발간되고 있다. 백석은 한국 현대문학사에서 최고의 인기 시인이 되었다.

그동안 백석이라는 시인은 1987년 시전집이 출간되기 전까지 줄곧 월북시인의 무리 속에 끼어 있었다. 참으로 어처구니없고, 억울하기 짝이 없는 괴기적 규정이 아닐 수 없었다. 해방되기 전에는 만주에서 살다가 제국주의 사슬에서 풀려난 뒤 고향 정주로 돌아왔으며, 이어서 평양으로 터전을 옮겨 살았던 시인을 어찌 '월북'이라는 편협하고도 옹졸한 가시관을 씌워 금지와 감시의 굴레 속에 감금시켰단 말인가. 그것은 해방 후 한국 사회가 지녀온 이념상의 고질적인 문제점 때문일 것이다. 이기영(李基永, 1895~1984), 한설야(韓雪野, 1900~1976), 박세영(朴世英, 1902~1989), 이태준(李泰俊, 1904~1970), 임화(林和, 1908~1953), 박태원(朴泰遠, 1909~1986) 조벽암(趙碧巖, 1908~1985) 이원조(李源朝, 1909~1955), 김남천(金南天,

1911~1952), 조명암(趙鳴岩, 1913~1993), 오장환(吳章煥, 1918~1951) 등은 분명 월북 문학인이다. 그들의 고향이나 터전이 모두 남쪽에 있었지만 공산주의자로 활동하다가 자진해서 이념적 터전인 평양으로 올라갔기에 분명한 월북이다.

하지만 백석의 경우 고향이 평북 정주이고, 해방 직후 고향에 그냥 눌러 살았는데 어찌 월북이라는 얼토당토하지도 않은 말을 갖다붙이는 것인가. 굳이 분류하자면 원래부터 고향 정주와 평양, 관평리 등지에서 살았으므로 '재북시인(在北詩人)'이라 해야 맞다. 북에서 태어났고 자신의 고향에서 그대로 살았던 시인이란 뜻이다. 그런데 이 말도 참 싱거운 용어가 아닐 수 없다. 왜 우리는 아직도 한 인간의 속성을 굳이 어떤 개념이나 성격의 가두리에 쓸어 넣기를 좋아하는가. 납북, 월북, 재북을 굳이 구분하는 것을 하나의 일상사로 여기는 우리는 과연 어떤 시대를 살아가고 있는가.

1987년 서울에서 『백석시전집』이 출간되었을 때 한국의 학계와 문단에서는 일대 흥분의 소용돌이에 휩싸였다. 우리 문학사가 잃어버린 한 소중한 시인을 되찾았다며 모든 신문이 일제히 환영 기사를 써서 보도했다. 당시 생존해 계시던 1930년대의 모더니스트 시인 우두(雨杜) 김광균(金光均, 1914~1993) 선생은 친필로 쓴 편지를 보내어 격려해주었다. 그 무렵 서울의 한 할머니가 편자에게 연락을 해서 만나고 싶다는 뜻을 전했다. 그로부터 나는 10여 년 동안 자야 할머니와 자주 만나며 친교를 나누었다. 처음 대면했을 때는 그 할머니의 신분이 몹시 궁금해서 백석 시인과는 어떤 관계인가를 자꾸 캐물었다. 나중에 할머니가 어렵게 고백하기를 백석 시인의 20대 후반, 함흥 영생고보 교사를 하던 시절에 자신과 함께 뜨거운 사랑을 나누게 되었고, 이후 3년 동안 함께 살았었다는 놀랍고도 충격적인 회고담을 들려주었다.

젊은 시절 백석 시인이 그녀에게 붙여주었던 처절은 자야(子夜). 이는 중국의 시인 이백(李白, 701~762)의 5언 절구 한시인 「자야오가(子夜吳歌)」에서 유래된 이름이다. 원래 자야는 중국 동진(東晉)의 한 서민 가정 아낙네였다. 남편을 변방 지역으로 수자리 살러 보내고 혼자 기다리며 그리워하던 여인이었는데 때마침 가을이 되고 찬바람이 불어오자 남편의 의복을 짓기 위해 옷감을 장만하고 열심히 다듬이질을 한다. 그 다듬이질 소리가 달밤에 들려온다. 여인은 다듬이질을 하면서 구슬픈 목소리로 이 노래를 불렀다고 한다.

"장안도 한밤에 달은 밝은데(長安一片月)
집집마다 들리는 다듬이 소리(萬戶擣衣聲)
가을바람 불어서 그치지 않으니(秋風吹不盡)
오로지 옥문관 낭군 걱정만 한다네(總是玉關情)
어느 때야 우리 님 전쟁이 끝나고(何日平胡虜)
머나먼 원정길 돌아오시려나(良人罷遠征)"

한시 속의 진나라 여인 자야는 결국 낭군을 만나지 못했을 것이다. 전쟁터에 종군하다가 전사했을 가능성이 컸다. 그것도 모르고 자야는 마냥 대책 없이 기다리며 계절이 바뀌었다고 남편의 옷을 짓는다. 그 막연하고도 맹목적인 기다림의 이미지를 백석은 어찌하여 기생 진향에게 오버랩으로 들씌웠던가. 어떤 위기에 처하더라도 자기를 절대 잊지 말라는 간곡한 당부의 뜻이 포함되었던지도 모른다. 과연 옛 시작품 속의 여인처럼 김자야 할머니는 20대에 청순한 사랑을 나누었던 애인 백석을 내내 잊지 못하고 가슴속에서 되새기며 살아왔다.

그걸 보면 이름이나 별호는 정말 잘 지어야 할 뿐만 아니라 이름에 서려 있는 사연이 그대로 하나의 운명이 되어 그 경로를 따라가는 것인지도 모른다. 자야 할머니도 젊은 시절 함흥에서 기생의 신분으로 청년시인 백석을 만나 3년 동안 뜨거운 사랑을 나누고 작별하였다. 두 사람은 분단으로 말미암아 영영 재회하지 못하고 서로 다른 체제에서 살아갔다. 백석은 백석대로 북에서 여러 차례 결혼식을 올렸고, 슬하에 자녀들도 여럿 두셨다.

하지만 중년 이후에는 북한 문단의 중심부에서 처절하게 밀려나 너무도 한적한 변경 지역의 산중턱에서 양치기로 살다가 83세에 세상을 떠났다. 백석 시인이 젊었을 때 만나 사랑했던 자야와의 추억을 얼마나 회고했을지 의문이다. 남쪽의 자야는 그녀 나름대로 해방될 무렵의 혼란

속에서 온갖 파란과 험한 세파를 겪었다.

　정식으로 혼인은 하지 못했으나 두 자녀를 출산했었고, 그들을 모두 해외로 떠나보낸 뒤 혼자 서울에서 쓸쓸하게 살아왔다. 1987년『백석시전집』의 발간 소식을 듣고 다시 가슴속에서 백석 시인에 대한 그리운 정, 지난날 백석이 만주행을 요청했을 때 거기 부응하지 못하고 줄곧 도피했던 일들을 떠올리며 뒤늦게 죄송한 마음이 들었다고 했다. 할머니는 혼자 자는 방에 깊은 밤, 봉두난발의 백석 시인이 문을 열고 들어오는 꿈을 꾸기도 했었다. 할 수만 있다면 북한의 백석 시인 가족들을 찾아서 경제적 도움을 주고 싶은 마음까지도 생겼다고 한다. 하지만 세월이 흘러 오직 공허한 마음만 남았다. 자야 할머니는 자신이 백석 시인을 위해 지금이라도 도울 수 있는 일이 무엇인지를 여러 차례 물었다.

　나는 그러한 제의를 듣고 우선 백석 시인의 이름이 붙은 문학상을 하나 제정해서 운영하고, 또 여건이 마련된다면 백석문학관을 꼭 건립할 것을 간곡히 권유했다. 이 말을 듣고 자야 할머니는 백석문학상은 곧바로 실천에 옮겨 실행하게 되었지만 백석문학관은 전혀 뜻을 갖지 않은 채 1999년에, 83세를 일기로 세상을 떠났다. 그리고 보니 백석 시인도 83세에 작고하셔서 공교롭게도 두 분이 누린 세수(世壽)가 동일하다.

자야 할머니는 뒤늦게 백석 시인께 전하고 싶은 말이 너무도 많았다. 나는 그 뜻을 듣고 백석 시인에게 하고 싶은 가슴속의 말이 생각날 때마다 편지로 적어서 우편으로 보내달라고 요청했다. 그렇게 해서 자야 할머니가 수시로 보내오는 장강대하와 같은 그 수십 통의 편지를 받아서 일일이 컴퓨터에 옮기고 시대 순으로 내용을 다시 정리하여 사랑의 스토리를 재구성했다. 그것이 마침내 『내 사랑 백석』(문학동네, 1995)이란 한 권의 단행본으로 발간되었다.

책이 발간되자 백석 시인과 기생 자야의 애달픈 사랑 이야기는 청년세대들에게 특별한 관심과 주목을 끌었다. 두 사람의 러브스토리는 TV 다큐멘터리, 라디오 드라마, 단막극, 연극, 혹은 영화, 뮤지컬 등으로 재구성되어 대중 앞에 공연되는 일도 많았다. 게다가 자야 할머니는 자신이 소유하고 있던 서울 성북동의 요정 대원각 부동산 전체를 한 승려에게 기증하여 세간에 커다란 화제가 되기도 했다. 당시 그 사찰의 엄청난 감정평가액에 비하면 자야 할머니가 백석 시인을 위해 쓴 돈은 너무도 미미하다. 그렇게도 백석 시인을 사랑했고, 또 그때까지 잊지 못했다면 대원각을 백석문학관으로 조성해서 개관하는 것이 가장 좋은 방법이었다는 생각이 든다. '내가 평생 모은 돈은 백석 시인의 시 한 줄보다 못하다'란 말은 누군가의 조작으로 떠돌아다니는 뜬금없는 허언(虛言)에 불과하다. 그것은 자야 할머니의 말이 아니다.

원래 '대원각'이란 이름의 요정이었던 그곳을 사찰로 조성한 배경에는 자야 할머니의 다소 이기적인 마음과 지향점이 자리 잡고 있다. 할머니는 나에게 자신의 남루한 육신과 영혼을 속죄하기 위해 그곳을 종교기관으로 만들고자 한다고 밝혔다. 나는 그 생각이 옳지 않다는 말을 여러 차례 전했다. 그 때문에 사이가 서먹해지기도 했다. 그렇다면 그러한 결정은 자야라는 지극히 한 개인, 즉 오로지 자신만을 위한 이기적인 헌납(獻納)이 아니고 무엇인가.

과정이 어찌 되었건 지난날 요정이었던 대원각은 이제 길상사란 이름의 사찰로 바뀌었는데 방문객들의 발길이 끊이지 않는다. 그런데 그곳 사찰의 안내문을 보면 뜬금 없이 백석 시인의 이름이 들어가 있다. 나는 거기에 시인의 이름이 들어가 있는 것을 볼 때마다 마음이 불편하기 짝이 없다. '1937년 천재 시인 백석으로부터 자야(子夜)라는 아명(雅名)으로 불렸던 그녀는'이란 대목이 그것이다. 그 문장은 백석 시인을 단지 하나의 홍보용 도구로 쓰고 있는 것이다. 단지 막대한 재산을 기증한 자야 할머니의 존재감과 길상사를 꾸며주는 수단으로 이용되고 있을 뿐이다. 만약 백석 시인이 이러한 사실과 경과를 알게 되었다면 크게 분노하며 불쾌감을 표했을 것이라고 생각한다. 그 비루한 문장에서 당장 내 이름을 빼라고 호통을 치지 않을까 상상이 되기도 한다. 평생을 외롭고 고결하게 시인 정신을 지키며 가난 속에서도 꼿꼿이 살아갔던 시인 백석과 막대한 자본주의 위세를 터무니없이 과시하는 사찰부동산의 허장성세(虛張聲勢)는 애당초 서로 부합되지 않는 상반된 관계가 아니던가. 이러하기에 길상사 안

내 해설문에서 백석 시인의 이름이 등장하는 문구는 즉시 삭제되어야 마땅하다. 아무런 정당한 근거도 없이 시인의 이름을 마구 도용하고 있는 것은 옳은 처사가 아니다.

백석 시인은 북에서 끝없는 소외와 고립, 단절 속에서 한도 많고 설움도 많았던 삶을 살아갔다. 그러나 다행스럽게도 남쪽의 문학사에서는 1987년 이후 화려하게 되살아나 모든 시인과 독자들이 가장 사랑하고 흠모하는 시인으로 추앙받게 되었으니 이 얼마나 기쁘고 감격스러운 일인가. 백석 시인이시여, 생의 늙마를 보내며 북한의 차디찬 변방에서 겪었던 그 모질고 뼈저린 비애와 수모, 그리고 뼈저린 고독감에서 이제는 벗어나시라. 이제는 따뜻한 남녘 하늘로 훨훨 날아오시어 삼천 리 금수강산 방방곡곡을 새처럼 나비처럼 자유롭게 다니면서 "나는 백석이다!"란 선언을 구체적 몸짓으로 우리에게 보여주셨으면 하는 마음이다. 이제 백석 시인의 전체적 삶과 생애사를 정리한 이 책을 통해 희미하게 꺼져가던 한 시인의 시정신이 어떻게 빛나는 광채로 되살아나고 있는지 당신의 실감 나는 육성으로 들어보자.

내 고향 정주

지나온 시간을 돌이켜 헤아려 보노라니 참 세월은 바람처럼 구름처럼 흘러갔다. 혹은 강물처럼 흘러갔다고 해도 되겠다. 바람과 구름, 강물은 일단 그 흘러감의 속성이란 덧없는 것이다. 아득히 과거를 돌이켜보면 어떤 꿈을 꾸면서 무엇이 되겠다는 목표를 떠올리기도 했었다. 희망과 포부란 것이 참 신선하게 느껴지던 시절도 있었다. 하지만 지금 와서 그런 것들은 다 무엇인가. 내가 이루어보겠다던 목표는 다 무엇인가.

나 백석(白石)은 1912년에 태어났다. 임자생, 본명은 백기행(白夔行). 쥐띠다. 그해는 지금으로부터 무려 111년 전의 일이다. 나라의 주권이 불과 두 해 전에 이민족인 일본에 강탈되어 무참하기 짝이 없는 식민지가 시작된 초입이다. 일본에서는 메이지(明治)의 45년 치세가 끝나고 그 아들인 다이쇼(大正)가 통치를 시작한 원년이기도 하다. 같은 해에 태어난 동갑내기들로는 아동문학가 이원수(李元壽), 일본의 작가 요시다 겐이치(吉田健一)가 있다. 배우로는 황철(黃澈), 신일선(申一仙)이 있고, 가수 신 카나리아(申景女), 마라톤 선수 손기정(孫基禎)도 갑장이다. 유명한 승려 성철(性徹) 스님, 북한 정권의 독재자인 김일성(金日成)도 1912년생이다. 히틀러의 애인 에바 브라운, 과거 동독의 서기장을 지낸 호네커, 미국 가수 페리 코모도 같은 해에 출생했다.

그 시절 한국의 정치·경제·문화·사회가 하루아침에 일본의 관할로 바뀌었지만 대부분의 한국인은 전혀 실감조차 하지 못한 채 어리벙벙한 시간을 살아가고 있었다. 통감부에 이어서 새로 업무를 시작한 조선총독부는 모든 관리의 복장을 무관 제복으로 착용하도록 했다. 무시무시한 공포 분위기 조성의 한 일환이었을 것이다. 그해 8월부터 총독부는 한반도의 토지조사 사업에 착수했다. 그 까닭과 속내가 무엇인지는 금방 짐작하고도 남음이 있다. 일제는 어떻게든 하루라도 빨리 한반도의 모든 토지를 자신들의 소유로 바꾸어야 한다는 생각에 조바심을 내었다. 식민 통치에 저항하는 모든 한국인을 체포·투옥했는데 그들을 수용하기 위한 시설인 경성감옥을 마포에 신축하고 기존의 감옥을 증축해서 서대문형무소로 이름을 바꾸었다. 이처럼 분위기가 삼엄하던 시절이었다. 북대서양 횡단여객선인 타이타닉호가 빙산에 충돌해서 무려 1700여 명이 죽거나 실종된 사건이 일어난 것도 이 해다.

나는 1912년 7월 초하루, 황해와 접한 관서 지역인 평안북도 정주에서 태어났다. 정확한 주소지는 정주군 갈산면 익성동 1013번지다. 아버지는 백시박(白時璞), 어머니는 이봉우(李鳳宇)다. 형제는 3남 1녀, 4남매의 장남으로 태어났고 남동생은 백협행(白協行), 백상행(白祥行), 여동생은 막내로 백현숙(白賢淑)이다.

정주는 한반도의 북서부에 있는 지역이다. 동쪽으로는 낭림산맥이 흐르면서 함경남도와 경계를 이루고, 서쪽으로는 황해, 남쪽으로는 평안남도와 이어져 있다. 북쪽으로는 압록강이 유유히 흐르면서 중국의 만주 일대와 경계를 이룬다. 예로부터 평안북도는 국경 지역에 맞닿아 있어서 국방의 요충지였다. 압록강과 맞닿은 지역으로는 강 하구의 용천군에서 시작해 신의주시, 의주군, 삭주군, 창성군과 벽동군이 있는데 이 지역들이 가장 북단에 있다. 그 아래 오른쪽으로 동창군, 대관군이 있고, 천마군, 피현군, 염주군이 다시 그 아래쪽으로 연결되어 있다. 구성시는 평북에서도 가장 중심 지역이다.

그 왼편 아래쪽으로 선천군과 철산군이 펼쳐져 있다. 용천, 염주, 철산은 서해 쪽과 맞닿아 있다. 선천 아래쪽으로 곽산군, 정주군, 운천군, 박천군, 영변군, 구장군, 향산군이 이어져 있다. 구성, 정주, 신의주 등 3개 시에다 22개 군으로 구성된 곳이 평안북도다. 예로부터 단군 고조선의 창업 지역이라 그 신성한 느낌이 다른 지역보다 강렬한 편이다. 크고 우뚝한 산으로 예를 들자면 동부의 피난덕산, 부어골산, 대암산, 애거리산, 동림산 등이 모두 해발 1,000미터가 훨씬 넘는다. 북부와 중부, 남동부의 산들로는 달각산, 삿갓봉, 장대봉, 당아산, 묘향산, 칼봉 등이 있는데 역시 1,000미터가 넘는 준봉들이다. 천마산과 문수산도 여기에 보탤 수 있다.

강으로는 압록강, 청천강, 대령강, 구룡강, 삼교천을 먼저 손꼽을 수 있다. 내 고향 정주 부근 해안은 달천강, 동래강, 사송강을 비롯해 크고 작은 하천들이 토사를 운반해서 광활한 개펄을 이룬다. 나는 특히 구성과 선천의 경계 지점에 있는 길상산 골짜기에서 발원했다는 달천강을 사랑한다. 이 강은 흐르고 흘러 내 고향 정주의 한가운데를 통과해서 남쪽으로 흘러간다. 남호와 신봉 쪽을 거치며 흐르다가 황해로 스르르 유입된다. 어린 시절, 달천강 모래톱에 햇불을 밝혀놓고 밤고기를 잡던 추억을 어찌 잊을 수 있으리. 잉어, 붕어, 숭어, 메기, 뱀장어 따위가 얼마나 많이 잡혔는지 모른다.

이곳을 배경으로 내장도, 외장도, 쑥섬, 운무도, 형제도 등의 크고 작은 섬들이 줄지어 있다. 특히 정주 쪽에는 심원산, 제석산, 오봉산, 독장산, 묘두산, 천태산이 사방을 에워싸고 있다. 아주 높지도 않다. 기껏해야 300~400미터쯤 될까. 모든 산이 그렇듯 정주의 산도 바다로 가까

위지면서 갑자기 납작하게 엎드린다. 이곳에 드넓은 들판이 생겨났다. 워낙 비옥한 토질이라 그 명성 높은 정주 쌀이 이곳에서 재배·생산된다. 정주 앞바다에는 섬도 꽤나 많다. 갈도, 애도, 내장도 같은 섬들이 먼저 떠오른다.

나는 수원 백씨 집안에서 태어났고, 호적상의 주소는 평북 정주군 갈산면 익성리 1013번지다. 갈산이란 지명은 갈지(葛池)와 오산(五山)이 통합되면서 생겨난 새 이름이다. 이처럼 유서 깊은 고장에서 자랐기에 정주와 평안북도의 지명과 지형에 익숙하다. 뿐만 아니라 나는 평안북도 음식에 대해서 특별한 기호와 기억을 지니고 있다. 내 시작품 속에는 그러한 내용들이 제법 다양하게 반영되어 있을 것이다. 그것은 어쩔 수 없지 않겠는가. 한 시인이 기억할 수 있는 장소로 자신의 고향만한 곳이 또 어디 있으리오. 그래서 나는 내 고향 정주의 토속음식과 풍속, 제례의식과 민간의학, 아동의 놀이와 지역의 여러 명소를 일부러 나의 시작품 속에 담으려고 노력했다. 이런 환경 속에서 시집 『사슴』에 수록된 여러 작품이 만들어졌다. 「주막」, 「여우난곬족」, 「고야」, 「모닥불」, 「산비」, 「여승」

등이 대표적인 작품들이다. 내 시 정신을 가장 잘 담아낸 시는 단연「모닥불」이 아닌가 한다.

　"새끼오리도 헌신짝도 소똥도 갓신창도 개니빠디도 너울쪽도 짚검불도 가랑잎도 머리카락도 헝겊 조각도 막대꼬치도 기왓장도 닭의 짖도 개터럭도 타는 모닥불 재당도 초시도 문장(門長) 늙은이도 더부살이 아이도 새사위도 갓사둔도 나그네 주인도 할아버지도 손자도 붓장수도 땜쟁이도 큰 개도 강아지도 모두 모닥불을 쪼인다

　모닥불은 어려서 우리 할아버지가 어미 아비 없는 서러운 아이로 불쌍한 이도 몽둥발이가 된 슬픈 역사가 있다"

　-시「모닥불」전문

　평안도의 시골집 겨울 마당에 피워진 모닥불의 풍경을 그렸다. 첫 연은 모닥불의 재료, 둘째 연은 모닥불의 온기를 골고루 나눠서 쬐는 존재들이다. 재료는 거의 쓸모없이 버려진 허섭스레기들이다. 주인도 객도 어른과 아이도 심지어는 사람과 동물도 전혀 구분이 없이 모닥불을

중심으로 둘러서 있다.

그런데 마지막 연에 나는 이 시작품의 포인트를 넣었다. 모닥불 속에는 힘들고 서럽게 수난의 삶을 살아온 우리 겨레의 시간과 역사가 들어있는 것이다. 그림으로 그려도 장엄하고 감동적인 화폭이 되리라. 내 모교인 오산학교(五山學校)는 평북 정주에서 6·25전쟁을 겪으며 남쪽의 서울로 옮겨졌다. 시를 쓰는 윤효(尹孝) 교장이 도움을 요청했다. 오산학교 교정에 백석 시인의 시비를 세우려 하는데 가장 적절한 작품을 선정해달라고 했다. 그래서 나는 주저 없이 이 「모닥불」이 좋겠다는 뜻을 슬그머니 전했고, 이에 따라 그 시를 돌에 새긴 시비가 건립되었다.

정주는 산천이 수려하고 기후가 비교적 온난한 편이었다. 그 때문에 전국에서도 살기 좋은 곳으로 유명했다. 정주의 명물로는 알의 굵기가 거의 아기 주먹만큼 크고 굵은 정주왕밤, 품질이 매우 뛰어난 정주 누에를 손꼽을 수 있다. 정주에서 생산된 명주는 그래서 품질이 무척 뛰어났다.

그만큼 아름다운 고장 정주는 나의 고향이요, 어머니

품이다. 뿐만 아니라 내 존재와 생명의 터전이며 우주이기도 하다. 이곳에서 내가 태어났고, 어른들과 일가친척들의 감화를 받으며 자랐다. 내 모든 추억이 산처럼 쌓인 곳이고, 그것들을 하나씩 파헤쳐 되새기며 시를 쓰는 일을 즐겨 했다. 독자들도 이런 내 작품을 꽤나 좋아했다.

오산학교

해방 전 북한에서 명망이 높았던 사학으로는 평양의 대성학교, 안악의 양산학교와 함께 정주의 오산학교를 손꼽을 수 있다. 오산학교는 내가 태어난 생가의 바로 지척에 있었다. 우리 집이 1013번지, 오산학교는 940번지이니 불과 한 마장도 채 되지 않는 거리다. 우리 집에서 보면 오산학교 건물의 추녀가 그대로 보였다. 왜 오산이라 불렀는가. 그것은 정주 주변을 둘러싸고 있는 다섯 군데 산들, 이를테면 제석산, 황성산, 자성산, 남산봉, 소형산 등을 가리켜서 생긴 이름이었을 것이다.

1907년, 나라의 운명이 거의 풍전등화로 기울고 있던 무렵, 정주 출생의 청년 남강(南岡) 이승훈(李昇薰,

1864~1930)은 유기산업뿐만 아니라 여러 사업을 개척하며 나중에 큰 부자가 되었다. 어느 날 그는 평양의 쾌재정(快哉亭)이란 곳을 우연히 지나가다가 사람들이 많이 몰려 있는 광경을 보았다. 누군가가 열변을 토하고 있었다. 도산(島山) 안창호(安昌鎬, 1878~1938) 선생의 강연이었다. 도산은 그날 강연에서 이렇게 역설했다.

"나라가 나날이 기울어 가는데 우리가 어찌 그저 앉아만 있을 수 있단 말입니까?"

"나라가 없는데 내 집이 있으면 대체 무얼 하나요?"

"혼을 빼앗겼는데 이 몸이 호의호식한다면 그게 무슨 의미가 있겠습니까?"

"총과 칼을 들고 싸우는 사람도 필요하겠지만 이보다 몇 배나 중요한 것은 우리 백성의 정신을 깨어나도록 이끄는 일입니다."

이승훈은 도산의 강연을 들으며 가슴에 번개를 맞은 듯한 느낌이 들었다. 지금 당장 무엇을 어떻게 해야 하는지 그 방향성이 곧바로 정해졌다.

"민족교육에 헌신하는 것이 바로 나의 당면 목표다."

그리하여 남강은 독한 마음을 품었다. 먼저 상투부터 자르고 술과 담배를 끊었다. 이후 재단을 만들고 전 재산을 쏟아부어서 학교를 설립한 후 학생들을 맞이했다. 그것이 오산학교다. 학교 본관은 기다란 장방형이었는데 기와지붕으로 된 개량형 단층 구조다. 한 가운데 출입문 지붕 꼭대기는 뾰족한 추녀가 솟았다. 그 정문을 중심으로 좌우에 각각 7개의 밭 전(田) 자 형 창문이 겹으로 붙어 있다. 창문의 형식은 아래에서 위로 밀어 올리는 방식이다. 그 앞으로는 길게 줄지어서 백양나무를 심었는데 해마다 움쑥움쑥 자라는 것이 남강 선생에게는 무척이나 신기했던가 보다.

"그대들도 저 백양나무처럼 멋있고 미끈하게 자라기를 바라오. 땅 속의 작은 씨앗은 그 무엇의 도움도 없이 오직 자신만의 힘으로 그 무거운 흙을 들치고 땅 위로 올라옵니다. 여러분도 저 씨앗으로부터 살아가는 법을 배워야 합니다."

학교 건물이 완공되자 이승훈은 전국의 명망 높은 지사, 선비들을 두루 찾아다니며 직접 최고의 선생님들을 설득해서 초빙했다. 오산학교에서 교편을 잡았던 분들로는 언론인으로서 민족운동을 했던 단재(丹齋) 신채호(申采浩, 1880~1936), 정치가이며 독립운동가였던 고당(古堂) 조만식(曺晚植, 1883~1950), 소설가이자 언론인으로 사회운동에 헌신했을 뿐만 아니라 장편소설 '임꺽정'으로 유명한 벽초(碧初) 홍명희(洪命熹, 1888~1968), 춘원(春園) 이광수(李光秀, 1892~1950), '표본실의 청개구리'란 소설로 유명했던 작가 횡보(橫步) 염상섭(廉想涉, 1897~1963), 제자 김소월(金素月, 1902~1934)을 발굴했고, 한국 최초의 번역 시집인 『오뇌의 무도』를 펴낸 안서(岸曙) 김억(金億, 1896~?) 시인, 교육자이자 종교인이던 다석(多夕) 유영모(柳永模, 1890~1981) 등을 손꼽을 수 있다.

이분들은 그 모진 일제의 탄압과 감시 속에서도 우리말과 글을 가르치는 일에 전심전력을 다하였다. 그들이 가르쳤던 것은 우리 민족의 말과 글이었고, 그 과정을 통해 민족혼을 심고 일깨워 주었다. 남강은 평소 오산학교의 학생들 속에서 장차 나라를 구할 민족의 지도자가 배출될 것이라고 확신했다. 남강은 교사들에게 학생에게 반드시 존댓말을 쓸 것을 당부했다고 한다. 그 까닭은 가뜩이나 일제의 거센 억압과 핍박에 상처를 받고 위축된 자존감을 키워주기 위한 배려였다고 하니 그 깊은 속뜻은 우리로 하여금 눈물 나게 한다. 이 엄혹한 분위기에서도 교사들은 드넓은 운동장에 학생들을 데리고 나와 체조와 수신 과목을 가르쳤다.

이러한 여건과 환경 속에서 오산학교는 3·1독립만세운동의 실질적 주역이 되었음은 물론이다. 학생과 교직원이 모두 3·1운동에 참여했다. 이 일로 말미암아 일제는 남강 이승훈 선생을 주모자로 체포·투옥하고 말았다. 제국주의자들은 여기에 그치지 않고 오산학교의 반일 정신을 송두리째 뿌리를 뽑아야 한다며 학교 건물에 불을 지르기까지 하였다. 말하자면 오산학교를 조선 독립운동의 본거지로 규정했고, 이를 모질게 탄압했던 것이다. 1923년 남강은 출옥한 뒤 곧바로 오산학교를 종합교육 기관으로 발전시키려는 노력을 이어갔다. 하지만 1930년 그 뜻을 이루지 못한 채 세상을 떠나고 말았다. 선생이 남긴 유언은 우리로 하여금 옷깃을 여미게 한다.

"겨레의 광복을 위해 힘을 쓰세요. 내 유해는 땅에 묻지 말고 생체표본으로 만들어서 학생들을 위해 쓰도록 하십시오. 그리고 아무쪼록 서로 도우며 결코 낙심하지 말고 희망을 가지며 잠시도 쉬지 말고 전진하세요."

일제 말이 가까워지면서 제국주의 통치자들은 민족의 식 말살 방안의 하나로 오산학교에 일본인 교장을 임명해서 경영권을 빼앗았다. 1942년 일제는 오산학교를 폐교시키려고 조직적 계획을 세웠으니 이른바 혈맹단(血盟團) 사건이 바로 그것이다. 나중에는 반일적 사상을 가진 교사와 학생 수백 명을 체포해서 형무소에 투옥했다. 교사와 학생들은 격렬한 항일투쟁을 펼쳐갔다. 일제는 교장마저도 일본인으로 바꾸었다. 이후 오산학교는 정체성을 상실하고 민족학교로서의 본모습을 잃어버리게 되었다. 유명한 시인 김소월을 비롯하여 사상가 함석헌, 화가 이중섭 등을 배출하기도 했다. 고당 조만식 선생은 두 차례나 교장을 지냈다.

나의 집은 오산학교의 바로 지척에 있었다. 그야말로

엎어지면 코 닿을 듯한 거리였다. 집 대청마루에서 보면 오산학교의 추녀 끝이 한눈에 보였다. 1875년에 출생한 아버지 백시박(白時璞) 선생은 일찍부터 문명개화의 상징이던 사진에 남다른 관심을 보여 일정한 기술까지 터득했다. 사진기도 여러 대 갖고 있었다. 이 사실을 잘 알고 있던 고향 선배 춘해(春海) 방응모(方應謨, 1884~1950) 선생이 아버지를 조선일보 사진부장으로 초빙했던 것이다. 흔히 내 부친 이름을 백용삼(白龍三)으로 표기한 기록도 있는데 그것은 부친의 자(字)를 가리킨다. 예전에는 자(字)와 호(號)를 별도로 갖고 있었다.

아버지는 이승훈 선생이 오산학교를 설립할 때 적지 않은 건축 기부금을 내셨다. 나중에 백영옥(白榮玉)으로 이름을 바꾸었다. 나는 아버지가 37세 때 늦둥이로 태어났다. 어머니 이봉우(李鳳宇) 여사는 서울 출신이었는데 곱고 차분한 여성이었다. 1888년 출생이다. 부군과의 나이 차이가 13살이니 당시로서는 화젯거리가 될 만했다. 어머니의 친정아버지 이양실(李良實) 선생은 본처가 있는데도 아들을 얻기 위해 기생을 첩으로 얻어서 살았다. 하지만 바라던 아들은 태어나지 않았고, 딸을 얻었는데 그녀가 바로 내 어머니 이봉우다. 그러니까 나의 외할머니는 권번의 기생 출신이었던 것이다.

외할머니로부터 기질을 이어받아 어머니의 성격은 차분했고 정갈한 살림을 꾸렸으며 음식 솜씨가 특히 뛰어나서 그에 대한 주변의 평판이 자자했다. 이 때문에 가정경제를 위해 하숙을 치기도 했는데 주로 오산학교 교직원이나 학생들이 우리 집에 머물렀다. 나중에 고당 조만식 선생도 오산학교 교장으로 재임할 때 학교 교문 바로 앞에 있던 우리 집에서 하숙을 하셨다. 그러한 내력과 사연 때문에 내 어머니가 과거에 식당을 했다느니 권번을 다녔다느니 하는 뜬소문도 많이 돌았다.

등단과 일본 유학

　나는 1918년 나이 7세에 오산소학교에 입학했고, 1924년 나이 열세 살에 오산학교로 진학했다. 그때 오산학교는 4년제였다가 학제가 개편되면서 5년제가 되었다. 정식 명칭은 오산고등보통학교다. 고당 조만식 선생은 내가 오산학교 2학년 재학 시절에 교장으로 취임했다. 벽초 홍명희 선생도 내가 재학 중에 잠시 교장 직을 맡았다. 오산학교를 졸업한 것은 1929년 3월 5일이다. 바로 같은 해에 화가 이중섭(李仲燮, 1916~1956), 문학수(文學洙, 1916~1988), 작가 황순원(黃順元, 1915~2000)은 신입생으로 오산학교에 입학했다. 그들은 나와 대면하지 못했다. 나는 졸업을 한 후 한 해 동안 특별한 직업을 갖지 않고 집에서 소설을 쓰며 지냈다.

　당시 나는 주로 가련한 한 여인의 이야기를 습작했다. 어머니로부터 들었던 누군가의 슬픈 이야기였다. 작품 속의 주인공은 어려서 시집을 갔고, 아들을 하나 낳은 직후 남편이 죽어서 과부가 된 여인이다. 시어머니까지 모시고 살아가야 했으니 얼마나 힘들었을 것인가. 빨래품, 방아품까지 하면서 고통스럽게 집안을 이끌어 가는데 읍내 쌀장수로부터 은밀히 연락이 온다. 몰래 아들을 낳아주면 큰돈으로 보상하겠다는 제의다. 여인은 이 제의를 결국 받아들여 아기를 갖게 되는데 막상 낳아보니 딸이었다. 읍내 쌀장수의 태도가 냉담하게 바뀌었고 여인은 다시 쫓겨나고 만다.

　주변의 비난과 손가락질을 받으며 처연한 신세로 다시 옛집에 돌아온 여인을 진심으로 위로하고 감싸주는 사람은 다름 아닌 여인의 아들이다. 어머니가 용기와 희망을 잃지 않도록 격려하고 보살피며 힘껏 돕는 아들의 정성에 감복해서 여인은 다시 현실에 복귀해 정상적 삶을 살아간다. 나는 이 작품의 제목을 「그 모(母)와 아들」로 붙여서 조선일보에 투고했다. 그 작품은 운이 좋게도 1930년 조선일보 신년 현상문예의 단편소설 부문 당선작으로 뽑혔다. 이 일은 내가 글쟁이로서 살아갈 수 있는 힘과 용기를 주었다. 부모님께서도 신문에 아들의 이름과 사진이 오른 것을 보시고 몹시 기뻐하셨다. 뿐만 아니라 조선일보 사주 방응모도 백시박의 아들이 문인으로 데뷔하게 된 사실에 매우 놀라며 축하해주었다. 아마도 이러한 경력이 일본 유학생으로 선발되는 행운으로 이어지게 된 동력이 아니었을까 한다.

나는 1930년에 신년 현상문예의 단편소설 당선 작가로 등단하였는데, 바로 그해에 춘해장학회의 장학생으로 선발되었다. 방 대표의 아호인 '춘해(春海)'를 앞세워서 만든 인재 선발 기구였다. 나는 곧바로 유학생으로서 일본 도쿄의 아오야마가쿠인(靑山學院) 영어사범과에 입학하기 위해 관부연락선에 몸을 실었다.

일제시대에는 유학지의 거의 대부분이 일본이었다. 아주 드물게 독일 유학생이나 영국 유학생도 있었고 미국 유학생도 극소수로 확인된다. 하지만 유학이라면 무조건 일본 유학이었다. 유학을 보낼 수 있는 집안이라면 일단 경제적 여유가 있어야 할 터인데 소수의 친일적 성향의 경제인이나 지역 부호들의 자식이 그 대상들이다. 그들은 방학이 되어 고향집으로 돌아오는 동경 유학생들의 사각모와 펄럭이는 망토가 너무도 멋있게 느껴졌고 선망의 꿈을 품게 되었다. 동경 유학생들의 몸에는 광채가 있는 것 같았다. 그래서 너도나도 동경 유학의 꿈을 꾸게 되었고, 하나둘 충동적으로 짐 보따리를 꾸려 부산에서 관부 연락선을 탔다. 이후로 매달 고향집에서는 일본 유학을 떠난 자녀들에게 학비 명목으로 상당한 액수의 생활비를 보내야만 했다. 그 비용에는 기초적 학교 등록금을 비롯해서 결코 싸지 않은 하숙비, 책값, 용돈 등이 포함되었다.

식민지 조선에서 일본으로 유학을 떠난 학생들이 주로 선택하는 전공은 법학, 경제학 등이었다. 일단 출세를 해서 조선총독부와 같은 고위 기관의 공무원 신분이 되는 것이 꿈이었고, 아니면 고등고시에 합격해서 판사나 변호사가 되는 것을 최고의 평판으로 여겼다. 이런 풍조 속에서 오산학교 선배 김소월 시인이 조부의 반대를 무릅쓰고 일본 유학을 떠나 일단 상과대학에 학적을 둔 뒤 예술 과 학과목만을 집중적으로 수강했던 것도 몹시 이채로운 사례라 하겠다. 초창기 일본 유학생으로 화가였던 춘곡(春谷) 고희동(高羲東, 1886~1965) 선생은 처음부터 미술 과로 진학했고, 주변 친지들은 그것을 전혀 이해하지 못 했다. 방학이 되어 일본에서 돌아오면 강변 모래밭으로 나가 말뚝에 묶인 소 앞에 온종일 멀뚱하게 선 채로 닭의 똥 같기도 하고 비둘기의 똥 같기도 한 어떤 물체를 나무 판 위의 종이에 짓뭉개어 처바르고 소를 좌에서 우에서 바라보는 꼴을 보였던 것이다. 이 때문에 고향 사람들은 고희동이 일본 유학을 떠나서 광인이 되어 돌아왔다고 흉 을 보았다. 문학이나 미술 등 예술 일반에 대한 식견이나 경험이 전혀 없었던 20세기 초반의 풍경을 이런 과정에서 느껴볼 수 있다.

나는 재학 시절부터 문학에 특별한 관심을 갖고, 동문 선배 시인 김소월을 흠모하며 훌륭한 시인으로 성장하고 싶은 꿈과 열망을 가졌다. 이런 여러 조건과 환경이 서로 조화를 이루고 상합이 되어서 나는 당당히 뽑혀서 일본 유학을 떠나게 되었던 것이다. 무엇보다 특별한 자격은 조선일보 신년현상문예에 당당히 당선작가로 뽑힌 경력이다. 방응모 대표는 나를 기꺼이 선발하였다. 오히려 기쁜 마음으로 정주 출신의 새로운 인재 발굴을 흥겨워하며 뽑았던 것으로 짐작된다.

내가 일본 유학 시절에 거주했던 곳은 길상사(吉祥寺) 1875번지다.

오산학교 선배 시인 김소월이 일본 유학 시절에 상과대학 재학생으로 문학예술 과목만 집중적으로 들으면서 시인적 소양과 자질을 점점 키워간 것과 달리 나는 처음부터 영어사범과에 입학해서 영문학 과목을 두루 수련했다. 영국 문학, 독일 문학, 프랑스 문학, 미국 문학의 역사적 전개 과정을 두루 공부했는데 특히 내 가슴에 와 닿았던 것은 제임스 조이스를 배출한 아일랜드 문학이었다. 주지하다시피 아일랜드는 영국의 바로 코앞에 위치해 있으면서 역사적으로 영국의 침탈과 간섭을 받으며 식민지의 처연한 세월을 겪어왔다. 아일랜드 주민이 영국으로부터 겪었던 멸시와 억압의 세월은 그것을 극복하고자 하는 아일랜드 문학의 정체성으로 연결되었다. 나는 이를 진작 주목했고, 일본과 식민지 조선의 관계성과 연결시켜 해석했다.

내가 일본 유학 시절에 특별히 주목하고 흠뻑 심취했던 시인은 일본의 국민시인으로 불리던 이시카와 타쿠보쿠(石川啄木, 1886~1912)였다. 가난과 고독, 연민과 사랑을 듬뿍 담아내고 있던 그의 시에 몰입했을 뿐만 아니라 문학인으로서의 자신의 필명까지도 본명 기행(夔行)을 버리고 석(石)으로 바꿀 정도로 흠모의 정을 표시했다. 그것은 이시카와 문학정신과 영혼을 모두 흡수해서 자신의 것으로 통합시키겠다는 의지를 반영한 것에 다름 아니다. 그분은 이미 내가 태어나던 해에 돌아가셨고, 얼굴을 뵐 수 없었다. 다만 작품으로만 공부하고 가르침을 받았으니 사숙(私塾)이라고나 할까.

뿐만 아니라 나는 유학 시절 일본 현대시의 여러 경향 중에서 주도적이던 모더니즘운동을 깊이 공부했다, 고서점에서 관련 시집이나 자료를 찾아서 읽었을 뿐만 아니라, 대학 도서관에서 많은 자료를 대출해서 읽고 음미했다. 내가 이런 자료들에서 가장 흥미를 느꼈던 것은 변혁이었다. 종래의 시작품 경향에서 벗어나야 한다는 꿈과 열망이었다. 이때부터 나는 작가로서의 신분보다도 시인으로서의 자기정체성을 더욱 강렬하게 느껴곤 했다. 나는 졸업을 앞두고 도쿄 주변의 여러 명소, 이를테면 가키사키(柿岐)나 이즈(伊豆) 반도 등을 일부러 찾아가 경관을 음미하고 풍정을 시적으로 해석하려는 노력을 했다. 내 시작품에서 서경적 분위기가 느껴지는 것은 이때부터의 습관이라 하겠다.

당시 아오야마가쿠인에 유학한 조선 학생들이 더러 있었을 터이나 영어사범과에서는 내가 유일한 조선인이었다. 아오야마가쿠인 졸업생 명부에서 '백기행'을 확인할 수 있다. 이름 아래에는 '출신 학교 오산고보 졸업'이라고 표기되어 있다. 47명이 졸업하는 명부에 열한 번째 이름으로 등장한다. 나는 창씨개명도 하지 않은 상태로 본명인 백기행을 그대로 쓰면서 당당하게 학교를 다녔고, 23세 때인 1934년에는 드디어 학사모를 쓰고 졸업식에 참석해서 졸업장을 받았다. 1931년 5월에는 도쿄의 아오야마

가쿠인대학 교회에서 세례를 받아서 기독교에 입교했지
만 이후 교회에 계속 나가지는 않았다. 종교에는 큰 흥미
를 느끼지 못했다.

마음의 스승 이시카와 다쿠보쿠

돌이켜 보건대 나는 아오야마가쿠인 유학 시절에 참 단정하고 모범적인 모습을 보였던 듯하다. 다른 유학생들은 주말이나 휴일에 술을 마시러 다니거나 여기저기 명승지를 찾아 놀러 다니거나 연애를 하러 다니느라 분주했다. 공연히 헛돈을 쓰고 공부에는 관심이나 취향이 전혀 없는 경우가 많았다. 하지만 나는 다른 마음을 먹었다. 틈만 나면 도쿄의 고서점을 순례하는 것이 하나의 습관처럼 되었다. 고서점 몇 군데를 돌아다니다 보면 그간 몰랐던 일본 유명시인들의 시집을 발견할 수가 있었다. 그것들을 싸게 구입해서 밤 깊도록 읽고 생각하며 메모를 하는 것이 즐거운 일과였다.

나는 문학 공부를 하면서 일본의 시단에서 다이쇼 중기부터 후기로 접어들며 시단의 주류를 형성해간 민중시 운동에 특히 주목했다. 그 흐름 속에서 활동했던 시인들, 즉 무로 사이세이(室生犀星, 1889~1962), 야마무라 보초(山村暮鳥, 1884~1924), 하기와라 사쿠타로(萩原朔太郎), 센케모토 마로(1888~1948), 후쿠다 마사오(福田正夫, 1893~1952), 시라토리 쇼고(白鳥省吾, 1890~?), 사토 도노스케(佐藤惣之助, 1890~1942) 등의 작품이 주는 특별한 감화력에 깊이 빠져들었다.

그만큼 나는 유학 시절 일본의 시와 소설에 깊이 몰입했었다. 그 가운데서 가장 큰 영향을 준 시인은 앞에서 말한 이시카와 다쿠보쿠다. 그분은 일본 문학사에서 명치(明治) 시대의 편협하고 관념적이던 일본 단가(短歌)의 성격을 서민의 애환이 깃든 생활적 주제, 민중적 경향으로 전환한 최초의 시인이었다. 나는 이시카와 시인이 폐결핵으로 불우한 생을 마감하던 1912년에 세상에 태어났으니 우리 두 사람은 이승에서 서로 만날 기회를 얻지 못하였다. 하지만 나는 일본으로 건너가서 비로소 이시카와라는 문학의 스승을 시집으로 발견하였고, 그를 정신적으로 사숙(私淑)하게 되었다. 이것은 나에게 몹시 소중한 깨우침이었다.

내 문학에서 이시카와 타쿠보쿠 시인의 특성이 어떻게 반영되었는지 비슷한 부분을 살펴보기로 하자. 첫째 고향을 소재로 한 작품이 많을 뿐 아니라 고향 이미지의 변용이 거의 대지에 뿌리박은 원초적 모성의 이미지로 나타났다.

"정들은 고향 그 사투리 그리워

정거장으로 붐비는 사람 속에

고향 말 찾아가네

장난하듯이 엄마를 업어 보니

너무 가벼워 참을 수 없는 눈물

세 걸음 걷지 못해

돌팔매질에 쫓기어 달아나듯

떠나온 고향 그 막막한 서글픔

가실 날이 없어라

펄럭 퍼얼럭 수수 잎 소리 나는

정들은 고향 그 처마 그리워라

가을바람이 불면"

　─ 이시카와 타쿠보쿠의 여러 단가(短歌)

"호박잎에 싸오는 붕어곰은 언제나 맛있었다

부엌에는 빨갛게 질들은 팔모알상이 그 상 우엔 새파란

싸리를 그린 눈알만한 잔이 뵈었다

아들아이는 범이라고 장고리를 잘 잡는 앞니가 뻐드러진 나

와 동갑이었다

울파주 밖에는 장군들을 따라와서 엄지의 젖을 빠는 망아

지도 있었다"

　─ 백석의 시 「주막」 전문

이 두 작품이 모두 타향에서 고향을 노래하고 있다는
점에서 공통되지만 내 시작품 「주막」이 때로는 이시카와
선생의 작품보다도 오히려 즉물성(卽物性)이 더욱 짙게

느껴지고 또 경험적 사실에 기초하고 있다는 생각도 든다.

둘째로 작품 속에 등장하는 대부분의 인물을 가난한 사람, 삶의 고통 속에 허덕이는 서민에서 포착하고 있다는 점이 공통적이다. 폐병 앓는 엄마와 그 아들인 고학하는 소년, 가난한 목수와 그의 아내, 여행 가방을 무릎에 얹고 전차에서 졸고 있는 어느 떠돌이 여인, 마굿간의 병든 말, 대장간의 백치 아이, 숲속 외딴집의 늙은 노인, 홀아비로 살고 있는 친구, 주막집 외진 구석에서 접시를 닦는 가련한 여인, 둥그런 실꾸리를 굴려가면서 양말을 짜고 있는 여인 등이 이시카와 카쿠보쿠 시인의 시에 등장하는 주요 인물들의 모습이다. 이러한 민중적 군상이 내 시작품에서는 주막집의 왁자지껄한 떠돌이 장사꾼들, 결핵을 앓고 있는 객주 집 딸의 창백한 얼굴, 달밤에 목을 매고 죽은 수절과부, 남편과 딸을 잃어버리고 여승이 된 어느 가련한 여인, 일본인 주재소장 집에서 식모살이 하던 소녀 등의 쓸쓸한 광경으로 나타난다.

"소리도 없이 눈 내려 쌓이는 겨울밤

숲속의 외딴 집에, 늙은 그대가

오직 혼자 있다고 생각해 보오"

　　─이시카와 타쿠보쿠의 「겨울밤」 부분

"신살구를 잘도 먹더니

눈 오는 아침

나 어린 아해는 첫아들을 낳았다

인가 멀은 산중에

까치는 배나무에서 즞는다

　컴컴한 부엌에서는 늙은 홀아비의 시아부지가 미역국을 끓인다

　그 마을의 외따른 집에서도 산국을 끓인다"

　　─백석의 시 「적경(寂境)」 전문

　셋째로 일본의 전통적 단가가 지닌 고답적이고 관념적인 제한성을 구체적 생활 속으로 끌어내려 본격적 생활

단가를 이룩한 이시카와 타쿠보쿠의 성과에 나는 커다란 감동을 받았다. 그래서 우리나라의 전통적 사설시조 양식에서 새로운 창조와 계승의 가능성을 발견하려고 두루 찾아서 더듬었다. 내 초기 시의 상당한 부분에서 이러한 형태적 시도를 발견할 수 있다. 이밖에도 주제나 소재에 있어서의 상호 공통성, 표현 형태나 비유에 있어서의 유사성, 가치관과 세계관의 유사성 비교 등 새삼스럽게 다루어 볼만한 이야깃거리가 한둘이 아니다.

이런 과정을 거치면서 나는 본명 백기행(白夔行)에서 '기행'을 떼어내고 대신 스승의 성씨 '이시카와(石川)'의 첫 글자인 '석(石)'을 모셔와 내 평생의 필명으로 삼았던 것이다. 이를 통해 보더라도 내가 스승 이시카와를 흠모하는 마음과 존경심이 얼마나 깊고 크고 뜨거웠던가를 충분히 짐작할 수 있으리라. 이렇게 정신적 영향을 깊이 받은 우리 두 사람의 작품을 나란히 펼쳐놓고 비교해 가면서 읽어보는 것도 매우 흥미로운 독서 방법이 될 것이다.

가령 내 시를 그렇게도 탐독했다는 청록파(靑鹿派) 세 시인의 문학적 상상력과 표현의 원형을 내 시작품과 그들

의 스승 정지용(鄭芝溶, 1902~1950)의 작품에서 함께 더
듬어 찾아보는 일, 또 윤동주(尹東柱, 1917~1945)의 시집
을 나의 시집과 함께 펼쳐놓고 하나하나 비교해가며 비슷
한 점을 찾아서 읽어보는 일은 얼마나 흥미롭고 색다른
영역의 활동이 될 것인가. 특히 윤동주는 내 시를 대단히
좋아해서 시집『사슴』을 통째로 공책에 옮겨 적고 입으로
줄줄 외우면서 시인이 되려는 자기 동생 일주에게도 이
방법을 권했다고 한다. 놀라운 일이다.

시인으로 진로를 바꾸다

　　한때 시인을 꿈꾸던 소년이 돌연히 소설가로 이름을 올리게 된 것은 순전히 조선일보 신년 현상문에 당선 덕분이다. 당시 내 당선 작품인 「그 모(母)와 아들」을 가만히 음미해보면 어머니와 외할머니의 집안 내력에 대한 연민과 사랑이 느껴진다. 기생으로 첩실이 되어 딸을 낳았고, 그 딸이 시인의 어머니가 되었다는 사실을 내가 몰랐을 리 없다. 당시 나는 아직 십대 후반의 어린 나이였지만 집안 사람들이 이를 감추었다고 할지라도 일가친척들에게서 내 외갓집의 내력에 대한 이야기를 들어서 알고 있었다. 하지만 나는 어머니와 외가를 전혀 경멸하거나 혐오하지 않고 오히려 연민과 사랑으로 이를 감싸는 따뜻한 모습을 보였다. 당선 작품이 그것을 증명하고도 남는다. 씨받이로 들어간 가난한 농촌의 과부와 그 가련한 처지를 오롯이 연민하고 껴안는다. 그 가련한 여인은 어쩌면 내 어머니와 외할머니의 또 다른 표상이었을지도 모른다. 뿐만 아니라 그 여인을 감싸고 지지하며 묵묵히 곁에서 돕는 여인의 아들은 바로 나 자신의 표상이었을 것이라는 생각마저 든다.

나는 1930년, 19세 소년의 몸으로 일본 유학을 떠나 4년 동안의 학업을 모두 마치고 1934년 2월에 돌아왔다. 귀국한 후에는 고향 정주에 잠시 들렀다가 4월에 조선일보 기자가 되어 교정부로 출근하게 되었다. 당시 내가 살았던 곳은 서울의 경복궁 서쪽인 통의동이었다. 그곳 어느 하숙집에 머물며 조선일보가 있는 태평로 1가까지 걸어서 다녔다. 교정부 기자로 일했던 기간은 불과 3개월이다. 그해 여름, 나는 출판부로 전근 발령이 났는데, 조선일보에서 창간을 준비하던 시사종합지 〈조광(朝光)〉과 관련한 업무를 주로 하게 되었다. 이 무렵 조선일보 동료들 가운데 나와 가장 친밀했던 이들은 허준(許俊, 1910~?),

신현중, 정현웅(鄭玄雄, 1916~1976) 등이 있다. 잡지 <조광>은 1935년 11월에 창간호가 발간되었다. 이 잡지는 1945년 6월까지 통권 113호가 나왔다.

나는 1935년 8월 30일, 조선일보 지면에 시 「정주성(定州城)」을 발표했다. 청년소설가로 이미 이름을 얻고 있었는데 뜻밖에도 시작품으로 새로운 모습을 보였으니 이것이 당시 문단에서는 놀라운 화제가 되었을 터이다. 같은 시기에 「주막」, 「여우난골족」 등 고향 테마의 시작품을 잇달아 발표하면서 나는 시인적 개성이 돋보이는 강렬함을 과시하게 되었다.

나는 일본 유학 시절에 깊이 몰입했던 일본 시작품으로부터 받은 충격과 파장을 가슴속에서 여전히 뜨겁게 느꼈다. 소설도 좋지만 리듬이 살아 있는 시를 많이 써야겠다는 생각이 들었다. 그 형식에다 고향의 이야기, 수원 백씨 일가친척들의 이야기, 마을 사람들이 살아가는 이야기, 특히 가련하고 애달프고 가슴속에 슬픔을 담은 채 고생속에 살아가는 서민대중, 농민들의 모습을 그림처럼 그려 보고 싶다는 충동이 내면에서 강하게 일었다.

오산학교 선배였던 김소월이 성취하지 못한 부분을 내가 한번 제대로 이루어보자는 다짐도 했다. 소월의 시에는 구체적 설화성이 부족한 편이다. 민족의 전통적 리듬이 강하게 살아있긴 하지만 설화성이 미흡하기 때문에 이야기의 실감이 현저히 떨어진다. 그 부분에 포인트를 두고 힘차게 아련하게 살려나가는 노력을 지금부터 한 번 시도해보자. 이런 결심으로 가득 찬 나날이었다.

통영이라는 곳

　　바로 그해 7월에 내 다정한 친구인 허준이 결혼식을
올렸다.

　　나와 가장 가까운 친구를 단 한 사람만 들라면 단연코
허준이다. 1910년생인 그는 나보다 두 살 위였다. 우리 둘
은 같은 평북 출신으로 여러 가지를 통해 공동체적 운명
임을 느꼈다. 나는 정주, 허준은 용천에서 태어났다. 내가
정주의 오산학교를 다닐 때 허준은 서울로 유학을 떠나
중앙고보에 입학했다. 내가 오산학교를 마치고 조선일보
장학생으로 선발되어 아오야마가쿠인 영문과로 진학했
을 때 그는 역시 일본 호세이(法政)대학으로 유학하여 불
문학을 전공했다. 여기까지만 보더라도 우리 두 사람의

경로는 아주 비슷했다. 그만큼 공통점이 많았으며 둘이 만나기만 하면 그간 가슴속에 감추어두었던 억센 평안도 억양이 거침없이 툭툭 튀어나왔다.

둘 다 문과에 입학했지만 학과 공부보다도 창작에 더 큰 의욕을 가졌다. 나의 장르가 시였다면 허준은 소설 쪽을 선호했다. 하지만 시도 틈틈이 습작하는 전방위적 체질이었다. 나는 아오야마를 끝까지 다녀서 졸업장을 받았지만 허준은 중도에 학업을 포기하고 1934년에 서울로 돌아왔다. 서울에서 문청 시절을 거치다가 조선일보에 투고한 시작품이 채택되어서 먼저 시인으로 등단했다. 당시 작품 제목은 「초」, 「가을」, 「실솔(蟋蟀)」, 「시(詩)」, 「단장(短杖)」 등 다섯 편이다. 정규 신춘문예는 아니고 한 해의 중간 시기에 작품이 선발되어 등단하는 경우였으니 추천이나 당선과도 또 다른 선발 과정이었던 것으로 보인다.

허준의 성품은 한 마디로 시원시원하고 그 어딘가에 묶이거나 조바심을 내는 스타일이 아니었다. 이는 내가 갖추지 못한 성품이기에 더욱 큰 매력을 느꼈다. 허준에 비해 나는 오로지 문학이라는 하나의 길을 종교처럼 받들고 신봉하는 고지식한 중량감을 가졌다. 우리 둘이 만나서 주로 나누는 이야기는 '앞으로 조선의 운명이 어떻게 흘러갈 것인가?', '조선이 과연 주권을 되찾을 날이 오기나 할 것인가?' 등에 관한 것이었다. 이런 덧없고 허탈한 명제로 서로 열변을 토하기도 했다.

그토록 다정했던 친구 허준이 혼례식을 올리게 되었으니 단짝 친구였던 내가 어찌 곁에서 지켜보지 않으리오. 종로의 화신백화점에서 열린 결혼식은 조촐하지만 꽤나 오붓한 분위기로 진행되었다. 허준은 제법 상기된 표정으로 축하객들을 둘러보았다. 결혼식이 시작되기 전에 입구에서 손님들을 맞이하던 허준은 내가 나타나자 먼저 한쪽 어깨를 툭 쳤다. 이것은 평소 만날 때 늘 하던 버릇이다.

"나는 드디어 장가를 드는데 자네는 언제쯤 면총각(免總角)을 할 것인가?"

"일단 자네가 먼저 가본 뒤에 결혼이란 게 과연 할 만한 것인지 나에게 그때 알려주게."

이런 짧은 농담을 잠시 서로 주고받았다.

　그날 결혼식이 끝난 뒤 화신 뒤의 레스토랑에서 피로연이 진행되었다. 별로 크지 않은 홀 한쪽으로 사람들이 몰려들었다. 대부분은 신랑과 신부의 친구들이다. 키가 크고 잘 생겼다는 이야기를 자주 듣는 내가 실내에 들어서자 먼저 자리를 잡고 앉았던 처녀들의 시선이 한순간 모두 나에게 쏠렸다. 나는 친구 신현중, 정근양(鄭槿陽), 함대훈 등과 함께 같은 테이블에 둘러앉았다. 이윽고 음식과 술이 나오고 사람들은 큰 소리로 웃거나 떠들고 있었다. 그런데 조금 전부터 맞은편 테이블의 한 처녀가 내 눈에 자꾸 들어왔다. 일부러 고개를 돌렸는데도 어쩐 일인지 계속 그쪽으로 눈길이 갔다. 얼굴은 통통하고 눈은 작은 반달처럼 생겼는데 오른쪽 눈이 조금 더 커 보이는 짝눈이라 귀여운 느낌이 들었다. 눈썹은 눈 위로 길게 이어지지 않고 중간쯤에서 갑자기 희미해지는 모습이다. 그게 조금 아쉬웠다. 보지 않으려고 하는데 또 눈길이 가고 그러다가 자꾸만 시선을 마주치게 되는 그런 양상이었다.

이 모습을 옆자리에 있던 신현중이 눈치 챘다. 그는 내 귀에 입을 대고 나직하게 말했다.

"자네, 혹시 저 여학생이 마음에 드는가, 내가 소개해 줄까?"

그 말에 나는 명쾌하게 대답은 하지 않았지만 어쩐지 늪으로 빨려드는 것만 같은 희한한 느낌이 들었다. 어떤 호감이랄까. 야릇한 기대감이랄까. 과연 어떤 처녀인지 한번 알아보고 나아가 대화도 나누어보고 싶은 마음이 자꾸 생기는 것이었다. 눈치 빠른 신현중이 말했다.

"이보게 백석, 나한테 모든 걸 맡겨주시게."

피로연을 마친 뒤 신현중은 그녀의 신상에 대해 아주 자세하게 전해주었다. 이름은 박경련. 통영이 고향으로 현재 서울의 이화여자고보 재학생이라는 사실 등등 고향 집의 분위기까지 소상하게 들려주었다. 신현중은 통영 출신이기 때문에 박경련의 집안 등을 포함해서 모든 것을 자세하게 알고 있었다. 신현중의 부모와 박경련의 부모는 같은 모임에도 참여하고 있는 친구라고 한다. 통영 같이 작은 포구 마을에서 이런 일은 보통 흔한 경우라 하겠다.

그날 이후 나의 마음속에는 커다란 변화가 생겼다. 그것은 허준의 결혼식 피로연에서 본 박경련을 찾아가서 만나고 싶다는 불같은 충동이었다. 충동은 기어이 만용으로 이어졌다. 방학이 되자 박경련은 고향 집으로 내려갔다. 그런 변화를 나는 신현중에게 주저 없이 고백했고 도움을 청했다. 이 말을 들은 신현중은 흔쾌히 자기가 가교가 되어서 내가 박경련의 통영 집을 방문할 수 있도록 돕겠다고 약속했다. 그로부터 며칠이 지난 후 신현중이 찾아와 이렇게 말했다.

"통영의 박경련 집에 전화도 하고 두루 알아봤는데 자네가 불쑥 통영으로 내려오는 것이 꽤 불편하고 부담스럽다고 말하네. 자, 어찌할 텐가?"

내 마음속에는 오로지 박경련뿐이었다. 그것은 무모하고도 맹목적인 첫사랑의 불꽃과도 같았다. 나는 만사를 젖혀두고 정면으로 돌파하리라 다짐했다. 나는 직접 통영의 박경련 집을 찾아가 부모를 만나서 "댁의 따님을 저에게 주십시오. 무척 사랑하고 있습니다."라는 말을 전할 뿐만 아니라 그곳에 있다는 박경련도 직접 만나고 싶은 마음으로 가슴속이 활활 불타올랐다. 그 어떤 것도 눈에 보이지 않았고 또 거추장스럽게 가릴 것도 없었다. 전후 사정을 알게 된 나는 서울역에서 부산으로 내려가는 열차를 타고 무조건 출발했다. 아무것도 모르는 열차는 기적을 울리며 남쪽으로 달려갔다.

부산역에서 육로로 마산을 거쳐서 통영으로 가는데 어찌 길이 그리도 멀게만 느껴지던지…. 피로에 쩔어 있는 몸으로 일단 통영에 도착하니 아늑하고 조용한 포구의 분위기가 아주 마음에 들었다. 역사적 사연을 간직한 세병관은 언덕 위에 우뚝 서 있고, 그 왼쪽 옆으로 장수의 넋을 모신 충렬사(忠烈祠)가 세워져 있다. 그 뒤로 통영을 둘러싸고 있는 높은 산으로는 꼬불꼬불 길이 나 있는데 그 사이사이로 초가들이 마치 바위의 게딱지처럼 박혀있는 것이 눈에 들어왔다. 바다 비린내가 확 풍겨나는 통영항으로 나가보니 평안도 출신의 내가 지금까지 전혀 보지 못한 생선이 많았다. 호래기, 볼락 따위가 생소했고, 도미, 가재미, 농어, 우럭 등은 고향 정주 포구에서도 늘

보던 것이다.

　나는 통영 거리를 이리저리 거닐다가 신현중에게 들었던 박경련의 집 주소를 조심스럽게 찾아갔다. 대문은 열려 있었는데 어느 아낙네가 이불을 빨랫줄에 걸쳐서 널어 말리다가 낯선 손님을 맞았다.

　"지금 이 집 주인은 모두 어디 외출하고 안 계신데요. 아마도 돌아오시려면 사흘은 더 걸릴 듯합니다. 어디서 온 누구신가요?"

　나는 그 질문에 갑자기 당황한 표정으로 말을 얼버무리며 제대로 응답도 하지 못한 채 바깥골목으로 나오고 말았다. 그토록 용감하게 달려왔건만 어찌 이리도 옹졸하고 소극적인 사내가 되고 말았던가. 박경련의 집을 찾아가서 그녀의 부모를 만나려고 했지만 그냥 헛걸음만 하고 발길을 돌릴 수밖에 없었다. 바로 돌아오는 것도 허탈해서 나는 통영의 여기저기를 공연히 터벅터벅 쏘다니다가 충렬사 돌계단에 털썩 힘없이 주저앉았다. 많이 걸어서 다리에 힘이 빠지기도 했다.

　넋을 놓고 앉아 있노라니 멀리 포구 쪽에서 뱃고동이

울렸다. 전마선이 출발하는지 통통거리는 소리도 들렸다. 갑자기 현기증이 몰려왔다. 잠시 뒤에 나는 공책을 꺼내어 한 편의 시를 쓰기 시작했다. 나는 통영을 제목으로 해서 두 편의 시를 썼다. 두 편에서 모두 통영 처녀가 등장하는데 시를 쓸 때 가상적으로 설정한 이름을 삽입해서 등장시켰다.

「통영 1」에서는 '천희(千姬)', 「통영 2」에서는 '란(蘭)이'가 등장한다. 천희는 평안도 방언인 '체니'를 음역한 것이다. 평안도에서는 처녀를 '체니'라고 발음한다. '란이'는 명정골에 살면서 늘 명정 샘에 물을 길러 다니는데 평안도 총각에게 시집갈 꿈으로 부풀어 있다. 물론 이는 통영 처녀 박경련과 혼인하고 싶은 내 가슴속 갈망을 반영한 것에 다름 아니다. 두 작품 모두 이루어지지 못한 삶의 슬픔이나 서러움 같은 것들이 슬그머니 바탕에 깔려 있다.

내가 들으니 이 두 시작품 때문에 최근 통영은 갑자기 유명해졌다고 한다. 통영시민단체에서는 충렬사 앞 길모퉁이에 내 시작품 「통영 2」를 돌에 새긴 시비를 세웠다. 백석과 통영을 테마로 한 문학기행을 하는 것도 재미있을 것이고, 이 시비 앞에서 통영을 찾았다가 헛걸음을 했던 나를 떠올리며 시작품을 낭송하는 것도 의미가 있으리라. 여러분이 시를 낭송할 때 내가 그 옆에 반드시 서서 듣고 있다는 생각을 하시기 바란다.

사람과 사람의 일에는 반드시 인연이란 것이 따른다는 옛말이 있거니와 내가 그토록 연모하고 좋아했던 여인이었지만 인연이 따르지 않았던 것이다. 두 차례나 통영을 방문해서 박경련 집안을 향해 다가갔으나 그쪽 사람들과의 접촉은 애당초 차단되고 말았다. 나의 허탈한 가슴속을 시작품에서 헤아려본다.

"옛날엔 통제사가 있었다는 낡은 항구의 처녀들에겐 옛날이 가지 않은 천희(千姬)라는 이름이 많다.

미역오리 같이 말라서 굴껍질처럼 말없이 사랑하다 죽는다는 이 천희(千姬)의 하나를 나는 어느 오랜 객주 집의 생선 가시가 있는 마루방에서 만났다.

저문 유월의 바닷가에선 조개도 울을 저녁 소라방등이 붉으레한 마당에 김냄새 나는 비가 나렸다."

-시 「통영 1」

"구마산(舊馬山)의 선창에선 좋아하는 사람이 울며

나리는 배에 올라서 오는 물길이 반날

갓 나는 고당은 가깝기도 하다

바람맛도 짭짤한 물맛도 짭짤한

전복에 해삼에 도미 가재미의 생선이 좋고

파래에 아개미에 호루기의 젓갈이 좋고

새벽녘의 거리엔 쾅쾅 북이 울고

밤새껏 바다에선 뿡뿡 배가 울고

자다가도 일어나 바다로 가고 싶은 곳이다

집집이 아이만한 피도 안 간 대구를 말리는 곳

황화장사 영감이 일본말을 잘도 하는 곳

처녀들은 모두 어장주한테 시집을 가고 싶어 한다는 곳

산 너머로 가는 길 돌각담에 갸웃하는 처녀는 금(錦)이라
는 이 같고 내가 들은 마산 객주집의 어린 딸은 란(蘭)이라
는 이 같고

란(蘭)이라는 이는 명정(明井)골에 산다는데

명정(明井)골은 산을 넘어 동백나무 푸르른 감로 같은 물이

솟는 샘이 있는 마을인데

　샘터엔 오구작작 물을 긷는 처녀며 새악시들 가운데 내가 좋아하는 그이가 있을 것만 같고

　내가 좋아하는 그이는 푸른 가지 붉게붉게 동백꽃 피는 철엔 타관 시집을 갈 것만 같은데

　긴 토시 끼고 큰머리 얹고 오불고불 넘엣거리고 가는 여인은 평안도(平安道)서 오신 듯한데 동백꽃 피는 철이 그 언제요

　옛 장수 모신 낡은 사당의 돌층계에 주저 앉아서 나는 이 저녁 울 듯 울 듯 한산도(閑山島) 바다에 뱃사공이 되어가며

　녕 낮은 집 담 낮은 집 마당만 높은 집에서 열나흘 달을 업고 손방아만 찧는 내 사람을 생각한다"

　─시 「통영 2」

친구의 배신

　나에게 박경련의 프로필을 소상히 알려주고 통영 방문
을 주선했던 사람은 다름 아닌 친구 신현중이다. 신현중
은 나와 박경련 사이에 적극적으로 개입했다. 하지만 이
는 자신의 속을 드러내지 않고 진실을 감춘 상태에서 행
동하는 의뭉한 이중성이었다. 신현중은 고향 후배인 박
경련을 진작 사랑하고 있었고 결혼까지도 생각하고 있던
터였다. 그런데 어찌 친구에게 속마음을 감추고 오히려
자신의 애인을 권했던 것일까. 그것은 사람의 도리가 아
니다.

　신현중의 마음속에는 이미 박경련에 대한 사랑이 깊었
을 뿐만 아니라 내가 어떤 집념의 자세로 달려들어서 몹

시 불편하고 거북했을 것이다. 하지만 겉으로는 이를 전혀 내색하지 않고 우리 집안과 박경련 집안이 서로 연결되지 못하도록 치밀하게 차단하며 거리를 두는 작전을 은밀하게 펼쳤던 것이다. 그것은 얼마나 비겁한 짓인가. 결국 나는 영문도 모른 채 헛물만 켜고 말았다.

공연히 마음도 연결되지 않은 통영의 한 처녀를 생각하며 시만 여러 편 쓰면서 마침내 통영과 아득히 멀어지게 되었다. 이런 사실만 두고 보더라도 "열 길 물속은 알 수 있지만 한 길 사람 속은 전혀 알 수 없다"라는 말이 전혀 틀린 말이 아니다. 신현중은 친구인 나를 철저히 배신할 수밖에 없었고, 마침내 자신의 마음속에 깊이 자리 잡고 있던 박경련과 부부가 되었다. 나는 다정했던 친구로부터 배신당한 사실을 뒤늦게 알았다. 그 아프고 참담한 심정을 담은 마음을 시작품 「내가 사랑하는 것은」의 한 부분에 담아내었던 것이다.

나는 영문도 모른 채 친구 신현중의 도움에 감사하며 그 우정에 크게 감복했지만 차츰 신현중의 내심을 짐작하게 되었다. 신현중이 박경련과 결혼식을 올리게 되었다는 소식을 접한 뒤로는 참담한 마음 때문에 그와는 아주 멀어지고 말았다. 다정했던 친구로부터 느낀 배신감은 깊고 치가 떨릴 정도였다. 어찌 그럴 수가 있나. 자기 속을 철저히 감추고 나를 돕는 척했으니, 나는 또 그런 거짓된 마음에 휘말려 그가 시키는 대로 했으니 얼마나 바보 같았던가. 세상에는 참으로 무섭고 가슴 쓰라린 일이 너무도 많다.

친구에게 받은 상처와 배신감은 결국 내 시작품 속에도 녹아 있다. 누가 그것을 복수심의 발로라 해도 나는 달리 할 말이 없다. 아마 그런 점도 분명히 작용했을 것이다.

"밝은 봄철날 따디기의 누굿하니 푹석한 밤이다

거리에는 사람두 많이 나서 흥성흥성할 것이다

어쩐지 이 사람들과 친하니 싸다니고 싶은 밤이다

그렇건만 나는 하이얀 자리 위에서 마른 팔뚝의

샛파란 핏대를 바라보며 나는 가난한 아버지를 가진 것과

내가 오래 그려오든 처녀가 시집을 간 것과

그렇게 살틀하든 동무가 나를 버린 일을 생각한다

또 내가 아는 그 몸이 성하고 돈도 있는 사람들이

즐거이 술을 먹으러 다닐 것과

내 손에는 신간서 하나도 없는 것과

그리고 그 「아서라 세상사」라도 들을

유성기도 없는 것을 생각한다

그리고 이러한 생각이 내 눈가를 내 가슴가를

뜨겁게 하는 것도 생각한다"

　　－시 「내가 생각하는 것은」 전문

　시작품 둘째 연에서 '내가 오래 그려오든 처녀가 시집을 간 것'은 박경련이 신현중과 혼인한 충격적 소식을 접하고 그 느낌을 적은 것이다. '그렇게 살틀하든 동무가 나를 버린 일을 생각한다'에서 동무는 바로 신현중이다. 그로부터 받은 배신의 아픔과 상처는 너무도 크고 오랫동안 잊을 수 없었다. 시절은 따뜻한 봄이 되어 온 세상이 그 봄을 즐기고 있지만 자신은 거기 함께 어울리지 못하고 홀로 자책과 탄식에 잠겨 눈물까지 글썽이고 있는 애달픈 모습으로 펼쳐지고 있다. 그만큼 당시 나는 너무도 순진하고 순정했다. 이런 일을 겪고 난 뒤로 나는 사람의 마음을 액면 그대로 믿어선 안 된다는 사실을 몸서리치게 깨달았다. 나는 겪지 말아야 할 이런 시련을 이후로도 여러 차례 더 겪게 되는데 그것은 속된 세상과 동화되지 못하는 나의 성품을 말해주는 것이다. 이런 일을 겪고 난 뒤에 내가 한 말이 있다.

"세상 같은 건 무서워서 피하는 것이 아니라 더러워서 피한다."

그 옛날 희랍의 극작가인 소포클레스는 기만하고 배반하는 것이 원래 인간의 마음이라고 했다. 친한 사람과의 관계에서는 가장 중요한 것이 서로의 관계에 대한 신뢰, 신의일 것이다. 그런데 그 모든 것을 저버리고 친구에게 크나큰 충격과 아픔을 주게 된다면 그것을 우리는 어떻게 설명할 수 있을까. 인간 본성의 내부에 기만과 배반이 원래부터 들어있었다고 하는데 신현중은 그것을 너무 빨리 적극적이고 완강하게 드러낸 사람일까. 배신을 한 친구 신현중을 철저히 거부하고 두 번 다시 마음속에서 호출하거나 기억하지 않는 철저한 거부와 부정이 가장 현명한 대응 방식이었으리라. 그것은 내 정신건강에도 도움되는 일이었다. 만약 그때 내가 신현중과 박경련 두 사람을 줄곧 증오하고 저주하는 마음을 가졌다면 몹시 비열하고 천박한 모습이 되었을 터이다. 그러나 나는 한 편의 시작품으로 그 모든 아픔과 상처를 날려버리려 노력하였다. 그 가혹했던 자기극복 과정을 생각하면 지금도 눈물이 나려고 한다.

다정했던 여러 벗

　나와 우정을 나눈 친구들은 적지 않다. 고향 정주의 오산학교 동기들도 있었고, 그다음으로는 일본 아오야마가쿠인대학 동기가 있었다. 하지만 대학 동기는 아주 적다. 가장 많은 친구가 한꺼번에 생긴 것은 조선일보 기자로 재직하던 시절이다. 우선 떠오르는 이름만 하더라도 허준, 신현중, 정현웅, 함대훈, 신갑섭, 정근양 등을 들 수 있다. 그중에는 직장 동료들도 있지만, 문단 혹은 사회에서 만난 친구들이 대부분이다. 늘 함께 술집으로 어울려 다니고 각종 문단 행사나 여행 혹은 출판기념회에 함께하던 벗들이다. 언제나 흉허물 없이 가슴속을 터놓고 이야기를 나누며 온갖 일을 서로 의논하던 사이다. 그야말로 격의 없는 친구들이다.

내가 일제 말 조선일보를 사직하고 함흥 영생고보의 영어 교사가 되어 떠난 뒤로도 늘 서로를 잊지 않았으며 그리워했다. 교사 생활을 청산하고 조선일보 기자로 복귀했을 때에는 몹시 감격해하며 친구들과의 재회를 기뻐했다. 당시 사랑을 나누던 기생 김자야(金子夜, 1916~1999)와 종로구 청진동 한옥에서 살림을 차렸을 때 허준, 정근양 등 특히 친했던 친구들은 날이면 날마다 마치 제집 드나들 듯 나의 새로운 거처를 왕래했다. 오죽하면 우리 셋을 일러 주변에서 삼우오(三羽烏), 즉 '산바가라스'란 말을 쓰기까지 했을까. 이 말은 일본 고베의 유마온천(有馬溫泉) 전설에서 비롯되었다고 한다. 어떤 집단에서 특히 돋보이는 세 사람을 일컫는 말로 쓰였다. 말하자면 삼총사 혹은 삼걸(三傑)을 뜻하는 말이다.

우정이란 것이 삶의 기쁨을 더욱 크게 증폭시키게 되고 슬픔은 잘게 쪼개어 나눈다는 말처럼 친구 사이를 지탱하는 커다란 힘이 되는 것이다. 앙드레 지드(1869~1951)는 친구의 결점까지도 감싸고 사랑하는 경지에 이르러야 진정한 우정이라고 했다. 우정의 감각적 상태는 고요하고 안정된 흐름일 것이다. 언제 만나도 편하고 즐거움이 발생하며 흐뭇한 관계이기 때문이다. 우정의 가장 강력한 힘은 수용과 너그러움이다. 어떠한 이해관계도 우정 앞에서는 사소한 문제에 불과하다. 생텍쥐페리(1900~1944)는 자신의 작품「인간의 대지」에서 오랜 벗이란 게 그냥 만들어지지 않고 서로의 공통된 추억, 함께 겪은 무수한 고통의 시간들, 게다가 불화와 화해, 마음의 격동 따위를 두루 경험하는 가운데서 빚어지는 보물이라고 했다.

하지만 내가 만나던 친구들은 그처럼 서로에게 보석 같은 존재가 되기 위해서는 일단 나이의 너무 젊고 어렸으며 보다 많은 시련의 세월이 필요했을는지도 모른다. 친구가 많다고 자랑하거나 뽐낼 필요는 전혀 없다. 왜냐하면 그 친구들 중에는 결국 배신을 하는 녀석도 생기고, 한편으로는 평생을 함께하면서 형제보다 더욱 강한 유대관계를 갖게 되는 친구도 있기 때문이다.

조선일보 기자 시절, 서울에서 늘상 어울려 다니던 친구 중에서 가장 단짝이라 한다면 먼저 허준을 들 수 있으리라. 허 군은 나보다 두 살 위지만 아주 편한 친형제 같았다. 1936년 시 「모체(母體)」를 써서 조선일보에 발표했고 이어서 「소묘(素描) 삼편-'두 가을', '기적', '옥수수'」 등을 발표한다. 하지만 그 이후 단편소설 「탁류」를 발표한 뒤로는 완전히 소설가로 전환해서 활동했다. 친구는 작품을 통해서 일제 말 지식인들이 겪었던 자의식과 혼돈의 세계를 나타내려 했었다. 허준이 대표작 「잔등(殘燈)」을 발표한 뒤에는 제법 문단의 주목을 끌었다. 해방 직후 허준은 내 시작품을 여러 편 가지고 있다가 서울에서 발간되는 몇몇 저널에 대신 발표해 준 특별한 친구다. 또 내가 신징에 거주하던 시절, 허준이 만주를 들렀다가 일부러 나를 찾아와 반갑게 만난 적도 있다. 오랜만에 만난 우리 둘의 상봉은 참으로 반갑고 기쁘고 흐뭇했다. 나는 이런 친구를 모델로 설정해서 1940년 〈조광〉지에 친구의 실명을 그대로 쓴 시작품 「허준(許俊)」을 발표했다.

"그 맑고 거룩한 눈물의 나라에서 온 사람이여
그 따사하고 살틀한 볕살의 나라에서 온 사람이여

눈물의 또 볕살의 나라에서 당신은

이 세상에 나들이를 온 것이다.

쓸쓸한 나들이를 단기려 온 것이다.

눈물의 또 볕살의 나라 사람이여

당신이 그 긴 허리를 굽히고 뒷짐을 지고 지치운 다리로

싸움과 흥정으로 왁자지껄하는 거리를 지날 때든가

추운 겨울밤 병들어 누운 가난한 동무의 머리맡에 앉어

말없이 무릎 우 어린 고양이의 등만 쓰다듬는 때든가

당신의 그 고요한 가슴 안에 온순한 눈가에

당신네 나라의 맑은 한울이 떠오를 것이고

당신의 그 푸른 이마에 삐여진 어깻죽지에

당신네 나라의 따사한 바람결이 스치고 갈 것이다.

높은 산도 높은 꼭다기에 있는 듯한

아니면 깊은 물도 깊은 밑바닥에 있는 듯한 당신네 나라의

하늘은 얼마나 맑고 높을 것인가

바람은 얼마나 따사하고 향기로울 것인가

그리고 이 하늘 아래 바람결 속에 퍼진

그 풍속은 인정은 그리고 그 말은 얼마나 좋고 아름다울 것
인가.

다만 한 사람 목이 긴 시인(詩人)은 안다.

'도스토이엡흐스키'며 '죠이쓰'며 누구보다도 잘 알고 일등
가는 소설도 쓰지만

아모것도 모르는 듯이 어드근한 방안에 굴어 게으르는 것을
좋아하는 그 풍속을

사랑하는 어린것에게 엿 한 가락을 아끼고 위하는 안해에겐
해진 옷을 입히면서도

마음이 가난한 낯설은 사람에게 수백 냥 돈을 거저 주는 그
인정을 그리고 또 그 말을

사람은 모든 것을 다 잃어버리고 넋 하나를 얻는다는 크나
큰 그 말을

그 멀은 눈물의 또 볕살의 나라에서

이 세상에 나들이를 온 사람이여

이 목이 긴 시인이 또 게사니처럼 떠든다고

당신은 쓸쓸히 웃으며 바둑판을 당기는구려"

－시 「허준」 전문

   친구의 실명을 직접 떠올려 부각하며 작품을 펼쳐가기란 쉽지 않다. 그의 삶과 내면, 기질과 성품까지 두루 관통해서 풀어낸다는 것은 참 어려운 작업이다. 그런데 나는 그것을 어느 정도 마음에 들게 풀어낸 듯하다. 지금 생각해도 흡족하다. 시를 쓰고 문학에 가담하는 친구의 영혼이 지닌 고결성과 담백성을 먼저 떠올리며 친구의 삶이 결코 찌들리거나 그늘지지 않기를 바라는 간절한 우정을 문맥 속에 담았다. '눈물의 볕살의 나라'는 가장 이상적인 경지의 세계다. 나는 허준을 그 공간에서 이 속된 세상으로 잠시 다니러 왔다고 말했다. 그것은 마치 중국의 시인 이백을 하늘에서 지상으로 귀양살이로 내려온 신선으로 비유해서 말하는 어법과도 같다.

   3연에서는 허준의 우뚝한 신장, 우리 두 사람이 함께 거리를 걸어가는 풍모, 나와 더불어 도란도란 이야기 나눌 때 고양이를 무릎에 올리고 껴안은 채 정담을 나누던 모습, 세상사를 걱정하는 친구의 근심 어린 얼굴 표정 따위가 하나하나 정겹게 펼쳐지고 있다. 그것은 마치 영화의 스크린처럼 눈앞에 펼쳐진다.

나는 천상의 나라에서 지상으로 내려온 친구 허준을 높이 평가하며 사랑하고 공경하는 마음으로 이 작품을 썼다. 자신이 추구해가는 문학에 대한 깊은 지식을 찬탄하며 현실에서는 생활력이 빈약하지만 어떤 사명감을 발휘해야 할 때는 분기탱천해서 반드시 성사시키고야 만다는 내 친구의 강한 의지와 실천력에 다시 한번 놀랐다. 친구를 위한 덕담을 늘어놓는데 허준은 나에게 "자네는 꼭 마당의 거위(게사니)처럼 떠드네 그려"라고 말했다. 나는 그 모습을 그대로 시작품에 담았다. 우리 두 친구의 뜨겁고 진솔한 우정으로 꽉 찬 시작품을 또 어디 가서 새롭게 경험해 볼 수 있을 것인가. 나는 내가 쓴 이 작품에 아주 만족한다. 독자들이 즐겁게 읽어주면 좋겠다.

1930년대 후반, 내가 청진동 자야의 집에 들어가 살 때 허준은 낙원동에 살면서 나의 청진동 거처를 자주 드나들었다. 체구가 큰 허준이 들어서면 방이 꽉 찬 느낌이 들어서 자야는 늘 갑갑하다고 말했다. 그것은 우리 둘만 서로 어깨를 붙이고 앉았는데 갑자기 친구가 쳐들어와 분위기를 망쳐버린 데 대한 화풀이이기도 했다. 허준은 오면 먼저 술부터 내놓으라고 소리쳤다. 하지만 그의 성품은 보기보다 나긋나긋하고 다정했다. 이 허준은 해방 이후 좌익 계열의 조선문학가동맹에 가입해서 활동하다가 1948년 무렵에 평양으로 올라왔다. 서울에서 그토록 자주 만나고 친하게 지냈건만 정작 평양에 함께 살면서도 허준을 자주 만나지 못했다.

함대훈은 소설, 수필 분야에서 작품을 내고 있었지만 실제로는 비평 분야에서 더 많은 작품이 있었다. 나보다는 다섯 살 많았지만 우리는 서로 친구처럼 어울려 다녔다. 조선일보 기자 시절의 친밀한 동료이기도 했다. 그는 황해도 송화군 풍천읍 출생이다. 서울의 중앙고보를 다녔고, 일본 유학을 떠나 니혼대학 경제학과를 다니다가 도쿄외국어대학 노어과로 옮겼다. 이 시기에 이하윤, 김진섭, 정인섭 등과 어울려 해외문학연구회를 조직하고 멤버로 활동했다. 함대훈은 조선일보에 재직하면서 해외문학파 활동에 대한 프로문학파의 비판을 선두에서 대응하고 저항하는 비평 활동을 펼쳤다.

또 다정했던 한 친구는 정근양이다. 그는 경성의전을 졸업한 의사다. 내과를 전공했는데 의전에 다닐 때부터 수필을 써서 〈삼천리〉, 〈조광〉 등에 발표했다. 깔끔한 외모에 서구적 풍모가 느껴지는 걸음걸이로 나를 만나러 왔다. 청진동 시절에는 셋이 한 몸처럼 붙어 다녔고, 그 우정은 서울 장안에 파다하게 소문이 나기도 했다. 우리 셋은 장래가 촉망되는 청년들이었다. 하지만 험한 세월이 우리를 그대로 두지 않았다. 나는 만주 신징으로 떠났고, 허준은 서울에서 힘든 시간을 보내다가 나를 만난다며 만주로 홀연히 떠났다고 한다.

정근양은 내가 만주로 떠난 뒤 서울이 온통 텅 빈 느낌이 들었다고 말했다. 친구들이 모두 떠나고 없는 서울이 싫어졌던 것이다. 그래서 그도 북만주 어딘가로 옮겨가서 내과병원을 개원했다는 소문이 들렸다. 내가 만주를 바람처럼 떠돌던 시절, 북만주에 있는 정근양을 찾아가 한 차례 만났었다. 하지만 너무도 먼 곳이라 다시는 찾아가지 못했다.

1938년 12월, 일본으로 가서 이시이 바쿠(石井漠, 1887~1962) 선생에게 무용 수업을 받던 조택원(趙澤元, 1907~1976)이 귀국해서 여러 친구와 만났다. 나는 정근 양, 조택원과 함께 경부선 열차를 타고 대구로 내려갔다. 대구 출신의 화가 이인성(李仁星, 1912~1950)이 당시 대 구에서 아르스 다방을 운영하며 그림을 그렸는데 우리는 서로 반갑게 만나 식사도 하고 아르스 다방에서 기념사진 도 찍었다. 이인성과 나는 동갑이다. 우리는 여러 해 만 에 만났다.

맨 왼쪽 의자에 앉은 정근양은 언제나 그렇듯 동그란 로이드안경을 끼고 깔끔한 정장 차림을 하고 있다. 포마 드를 발라서 반듯하게 빗어 넘긴 머리에 젠틀한 의사의 이미지가 풍겨난다. 사진 속에서 정근양의 눈은 게슴츠 레 감겨 있다. 사진 찍을 때 실수로 눈을 감았던가. 아니 면 낮에 마신 술 때문에 취기가 오른 것일까. 무용가 조택 원은 넥타이를 맨 정장 차림으로 정근양 옆에 앉아서 카 메라 쪽으로 고개를 약간 빼어서 앞을 바라보는 자세를 하고 있다. 그의 왼손은 주먹을 쥔 채 탁자 위에 얹혀 있다. 화가 이인성은 왼쪽으로 몸을 살짝 돌린 채 친구들 사이에 앉아 있다. 아마도 찾아온 친구들과 함께 대구 중심가의 어느 레스토랑에서 식사와 반주를 겸해 어울린 모임의 끝 무렵으로 기억된다. 우리는 이인성의 다방으로 몰려와서 한담을 나누며 쉬고 있었다. 사진 속이지만 내 얼굴과 정근양의 표정에서는 약간의 술기운이 느껴진다.

첫 시집 『사슴』

나는 나이 열아홉에 소설가로 먼저 데뷔했다가 나중에 시인으로 진로를 바꾸었다. 내 머릿 속에는 소설로서 풀어낼 이야기가 많긴 하지만 그것을 일일이 따라잡으며 감당해갈 작가적 자신감이 별로 없었던 것 같다. 당시 나는 긴 글보다 짧은 글에 익숙했다. 신문기자 생활을 계속하면서 짧은 문장의 기사를 신속히 써야 하던 습관이 몸에 붙어서 그랬을 것이다. 내가 써서 발표하던 시작품 하나하나는 모두 제각기 한 편씩의 설화적 체계를 갖춘 것이었다. 그만큼 시 창작에서 설화성을 중시했다. 말하자면 이야기 시로서의 전형성에 무척 신경 썼었는데 이를 풀어내는 문장의 형식은 주로 자연스러운 줄글이었다.

게다가 나는 내 방식대로 띄어쓰기를 했는데 그것이 다른 사람들에게는 매우 이채롭게 느껴졌던가 보다.

　내 시작품의 배열 방식은 시작품이 낭송되는 것을 예비하면서 문장의 덩어리가 하나의 적절한 호흡 분량으로 펼쳐지도록 배려한 산물이다. 그 한 문장의 덩어리는 띄어쓰기를 거의 하지 않았다. 일정한 호흡의 단락이 끝나고 휴지(休止)가 필요한 시점에서 비로소 문장의 띄어쓰기를 했다. 내가 발간한 시집『사슴』의 문장 체계는 모두 그렇게 구성되어 있다. 그 첫 시집의 발간은 1935년부터 남들이 눈치 채지 못하도록 은밀하게 진행하였다. 조선일보에 시「정주성」을 발표한 뒤로 나는 시 창작에 몹시 골몰했다. 어떤 것은 연작시의 성격이나 형태로 자주 나타났다. 제각기 서로 다른 개별성의 작품이지만 하나 같이 고향 정주에서의 어린 시절 추억담에 기초하고 있다. 고향 마을 풍경과 토속적 정취, 일가친척들 이야기, 가련한 연민의 내용이나 애잔한 서술을 담고 있다. 그것은 1920년대 초중반의 식민지로 바뀐 평안북도 농촌 지역의 눈물겨운 정경을 고스란히 부각하며 재현해내었다.

이 첫 시집에서는 시를 끝까지 다듬는 내 결벽한 성격이 그대로 드러난다. 한 예를 들자면 일찍이 〈조광〉지에 발표한 시 「산지(山地)」의 형태를 시집 속에서는 「삼방(三防)」으로 바꾸었다.

"갈부던 약수터의 산거리엔 나무그릇과 다래나무지팽이가 많다

산 너머 십오리서 나무뒝치 차고 싸리신 신고 산비에 촉촉이 젖어서 약물을 받으려 오는 두멧아이들도 있다

아랫마을에서는 애기무당이 작두를 타며 굿을 하는 때가 많다"

　-시 「삼방(三房)」 전문

원래 6연 13행이었는데 3연 3행으로 축약되었다. 이토록 과감한 축약은 내가 한 편의 시를 퇴고하는 과정에서 무서울 정도로 초고를 읽고 또 읽어 다듬고 고치며 바꾸기를 반복하던 당시 내 태도나 습관의 엄정성을 드러낸 것이다. 나는 정말 퇴고를 철저하게 하려 했다. 내 습관과

완벽주의가 그대로 느껴지기도 한다. 〈조광〉지 12월호에는 시 「여우난골족」 「통영」 「흰밤」 등 3편이 발표되었는데 이 작품들도 첫 시집 『사슴』에 들어갔다. 그리하여 시집에 수록된 작품은 모두 33편이다. 이 시집 이전에는 전혀 볼 수도 들을 수도 없었던 희귀한 풍속사적 정취로 가득한 시작품이다. 당시로서는 희귀한 분위기의 작품집이 1936년 1월에 등장했던 것이다.

당시 특이한 장정으로 발간한 내 시집 『사슴』은 장안의 화젯거리였다. 문단의 인사들은 만나면 이 시집과 나에 대한 이야기를 화제로 삼곤 했다. 워낙 적은 분량의 시집을 발간하다 보니 실제로 받은 사람의 숫자는 그리 많지 않다. 1987년 서울에서 『백석시전집』(이동순 편, 창비)이 발간된 뒤로 나의 시작품이 특별한 관심을 끌면서 인기몰이를 하게 되었다. 그때까지 보기조차 어려운 내 시집의 가치는 소문에 실려 점점 가치가 올라갔다.

나와 같은 고향 정주의 후배인 국어학자 이기문 교수가 한 권 갖고 있다고 했다. 그것은 내가 직접 서명해서 이기문 교수의 형에게 보낸 것이다. 그리고 국립중앙박물관에도 이 시집이 한 권 소장되어 있다고 했다. 그 책의 앞부분에는 '조선총독부 도서관'이란 사각형 붉은 관인이 찍혀 있다. 나의 정인이었던 서울의 김자야가 나에게 못다했던 정성을 뒤늦게라도 표시하기 위해 자신의 힘으로 내 시전집을 엮으려 했다고 한다. 말만 들어도 갸륵한 일이다. 그녀는 이 뜻을 실현하려고 중앙대학교 국문과에 재직하던 평론가 백철 선생을 찾아가 만나기도 했지만 그는 이미 노쇠하여 별다른 도움을 받지 못했다. 고려대 도서관에도 한 권 소장되어 있다는 전언을 들었지만 확인하지 못했다. 그런 가운데서 대구화랑을 운영하고 있는 어느 골동품 수집가가 내 시집을 한 권 보유하고 있다는 소문을 들었다. 그는 시집만 전문으로 수집해온 어느 고교 교사의 유품을 몽땅 인수해 올 때 거기 뜻밖에도 시집『사슴』이 함께 들어있었다고 한다. 하지만 그는 지금까지 어느 누구에게도 이 시집을 공개하지 않았다. 왜냐하면 시집의 가격이 1억 가까이로 치솟았기 때문이다.

언젠가 신문 보도에서 시집의 가격에 대한 기사가 실렸었는데 소월 시집『진달래꽃』과 함께 나의 시집『사슴』의 가격이 거의 억대에 육박한다는 내용이 있었다. 내 시를 특히 좋아하는 한국의 청년시인 안도현(安度眩, 1961~)은 국내에서『백석평전』을 발간하고 뒤에 그 책의 일본어 판까지 발간했다. 그것이 출간되는 시기에 맞춰 도쿄를 방문했는데 일부러 시간을 내어 내가 졸업했던 아오야마가쿠인의 도서관을 찾아갔다. 혹시나 하고 나의 문학과 관련한 자료의 소장 여부를 질문했을 때 그곳 담당자는 내가 모교로 보낸, 내 친필이 들어있는 시집『사슴』을 한 권 소장하고 있다는 말을 했다. 안 시인은 내 모교인 아오야마가쿠인에서 직접 그 책을 대면하고 손바닥에 올려서 만져보는 감격과 영광을 누렸다. 그 시집은 발간된 지 거의 100년이 되었는데도 마치 엊그제 발간한 책처럼 아주 선명하고 깨끗한 상태였다고 했다.

하여간 한국에는 나의 시집『사슴』을 보유하고 있다는 소장자를 지금까지 별로 듣지 못했다. 겨우 100권만 발간되어서 이만큼이나 희소하게 되었는가. 아무튼 앞으로 세월이 흐를수록 시집의 가치와 가격은 점점 높아져만 갈 것이다.

내 시집에 대한 여러 평가

시집이 발간되자 친구들 주관으로 출판기념회가 열렸다. 일시는 1936년 1월 29일이었고, 장소는 경성 공평동의 고급 요릿집 태서관(泰西館)으로 정했다. 이 조촐한 행사는 신문에도 보도되었는데 참석자는 회비 1원을 반드시 준비하라는 내용이 들어 있다. 이날 행사를 주관한 사람들은 모두 내 친구들이거나 같은 직장 신문사의 선후배들이다.

초청장의 발기문 명단에는 안석영(安夕影, 1901~1950), 함대훈, 김규택(金奎澤, 1906~1962), 이원조(李源朝, 1909~1955), 문동표(文東彪), 이갑섭(李甲燮), 홍기문(洪起文, 1903~1992), 김해균(金海均), 신현중, 허준, 김기림

(金起林, 1907~1950) 등 11명의 이름을 볼 수 있다. 웅초 김규택은 화가로 조선일보 학예부의 미술기자였다. 그는 일본의 가와바다미술학교에서 유학 생활을 했다. 이갑섭은 조선일보 조사부 기자로 방응모 사장의 실질적 비서였다. 화가 안석영은 나보다 11살이나 많은 형님이었지만 신문사에서 나와 친분이 두터웠다. 함대훈은 작가, 극작가로 역시 조선일보 시절의 친구였다. 문동표는 그 유명한 호암 문일평(文一平, 1888~1936) 선생의 아들이다. 홍기문은 큰 인기를 끈 역사소설인『임꺽정』을 쓴 벽초 홍명희의 아들이다. 그의 아우는 홍기무(洪起武)였는데 그들 형제의 항렬자가 '문무(文武)'였다. 아버지 홍명희가 열다섯에 아들 기문을 낳았다고 한다. 아버지와 아들이 거의 친구처럼 친했고, 담배도 같이 피우면서 바둑을 두었다는 놀라운 일화가 전해진다.

홍기문은 나보다 아홉 살이나 많다. 하지만 나와 함께 조선일보 후원 대상자로 선발되어 일본 유학을 다녀왔고 나한테는 평소 몹시 호감을 가졌다. 그날 행사에는 모두 20명가량이 참석해서 꽤 성황을 이루었다. 명단에는 보이지 않지만 내 절친한 친구이면서 의사와 수필가로 활동한 정근양, 작가 최정희(崔貞熙, 1906~1990)도 당연히 참석했다. 모더니즘의 대가였던 김기림(金起林, 1908~?) 시인은 조선일보 학예면에 자신이 쓴, 내 시집『사슴』서평을 들고 와서 직접 나에게 전해주었다. 그 글은 조선일보 1936년 1월 29일 자 신문에 실렸다. 김기림 시인은 식민지 조선의 문단에 참신하고 세련된 모더니스트가 출현했다며 흥분과 기쁨을 감추지 못했다.

"녹두빛 더블 프레스트를 젖히고 한대(寒帶)의 바다의 물결을 연상시키는 검은 머리의 웨이브를 휘날리면서 광화문통 네거리를 건너가는 한 청년의 풍채는 나에게 때때로 그 주위를 몽파르나스로 환각하게 한다. 그렇건마는 며칠 전 어느 날 오후에 그의 시집『사슴』을 받아들고는 외모와는 너무나 딴판인 그의 육체의 또 다른 비밀에 부딪쳤을 때 나의 놀램은 오히려 당황에 가까운 것이었다.

나는 표장(表裝)으로부터 종이, 활자, 여백의 배정에 이르기까지 그 시인의 주관의 호흡과 맥박과 취미를 이처럼 강하고 솔직하게 나타낸 시집을 조선에서는 처음 보았다. 백석의 시에 대해서는 벌써 〈조광〉 지상을 통하여 오래전부터 친분을 느껴오던 터이지만 이번에 한 권의 시집으로 성과된 것과 대면하고는 나의 머리에 한 구석에 아직까지는 다소 몽롱했던 시인 백석의 너무나 뚜렷한 존재의 굳센 자기주장에 거의 압도되었다. '유니크'하다고 하는 것은 한 시인, 한 작품의 생명적인 부분에 해당한다. 어떠한 사안이나 작품에 우리가 매혹하는 것은 그의 또는 그것의 '유니크'한 풍모에 틀림없다.

시집 『사슴』의 세계는 그 시인의 기억 속에 쭈그리고 있는 동화와 전설의 나라다. 그리고 그 속에서 실로 속임 없는 향토의 얼굴이 표정한다. 그렇건마는 우리가 거기서 아무러한 회상적인 감상주의에도 불어오는 복고주의에도 만나지 않아서 더없이 유쾌하다. 백석은 우리를 충분히 애상적이게 만들 수 있는 세계를 주무르면서 그것 속에 빠져서 어쩔 줄 모르는 것이 얼마나 추태라는 것을 가장 절실하게 깨달은 시인이다. 차라리 거의 철석(鐵石)의 냉담에 필적하는 불발한 정신을 가지고 대상과 마주 선다. 그 점에 『사슴』은 그 외관의 철저한 향토 취미에도 불구하고 주착 없는 일련의 향토주의와는 명료하게 구별되는 모더니티를 품고 있는 것이다. '유니크'하다는 것은 그의 작품의 성격에 대한 형용이지만 또한 그 태도에 있어서 우리를 경복(敬服)시키는 것은 한 걸음의 양보와 여지조차 보이지 않는 그 치열한 비타협성이다. 어디까지든지 그 일류의 풍모를 잃지 아니한 한 권의 시집을 그는 실로 한 개의 포탄을 던지는 것처럼 새해 벽두에 시단에 내던졌다. 그러나 그는 그가 내던진 포탄의 영향에 대하여는 도무지 고려하는 것 같지도 않다.

　그는 결코 일부러 사람들에게 향하여 그 자신을 인정해주기를 바라지 않는다. 아유(阿諛)라고 하는 것은 그 하고는 무릇 거리가 먼 예외이다. 그러면서도 사람으로 하여금 끝내 그를 인정시키고야 만다. 누가 그 순결한 자세에 감하지 않을 수가 있을까. 온실 속의 고사리가 아니다. 표본실의 인조사슴은 더군다나 아니다. 심산유곡의 영기(靈氣)를 그대로 감춘 한 마리의 '사슴'은 이미 시인의 품을 떠나서 달려가고 있다. 그가 가지고 온 산나물은 우리들의 미각에 한 경이임을 잊지 아니할 것이다. 나는 이 아담하고 초연한 『사슴』을 안고 느낀 감격의 일단이나마 동호의 여러 벗에게 전하지 않고는 견딜 수 없었다. 상기 같은 기쁨을 가지기를 독자에게 권하려 한다. 망언다사(妄

言多謝)"

　-김기림 서평 『사슴』을 안고」 전문

　선배 시인 김기림의 이 서평은 특별한 의미로 다가온
다. 김기림은 나보다 네 살 많다. 문단과 직장 조선일보의
선배이기도 하다. 김기림은 일찍이 1920년대 식민지 조
선의 문단이 지나치게 감상적 낭만주의로 기울어서 종국
에는 그 타락성까지 감지했다. 유난히 신문물에 대한 탐
구심이 많았던 그는 서울 보성고보를 다니던 중 일본으
로 건너가 중학교를 마치고 니혼대학 문학예술과를 다녔
다. 그때 서구모더니즘의 강령한 세례를 경험했다. 1929
년 조선일보에 입사하여 기자 생활을 하면서 시 창작에
몰두했지만 모더니즘의 마력에 빠져서 더 공부하고 싶은
유혹을 떨치지 못했다. 그러다가 7년 뒤인 1936년 다시 일
본 유학길을 떠나 도후쿠제국대학 영문과에 입학해서 4
년간 학업에 몰두했다.

　고국에 돌아온 직후부터 편내용주의(編內容主義) 문단
풍토와 로맨티시즘 성향에 대해 매섭게 비판하기 시작했

다. 그가 주장한 것은 '건강하고 명랑한 오전의 시'였다. 시를 과학적 방법으로 쓰지 않고 리듬만 중시하는 낡은 방식에 머물러 있는 추세를 호되게 강타했다. 이러한 때에 김기림에게는 나의 시가 주는 느낌이 신선한 충격으로 다가간 듯하다. 더구나 일본 유학까지 다녀왔고, 영문학을 전공한 젊은 시인이 놀랍게도 고향 테마를 끌어와서 다루고 처리하는 방식에 찬사를 보냈다. 시 창작에서 구체적 기획과 배려 그리고 그 효과까지 염두에 두고 쓰는 스타일이라며 연신 감탄을 금치 못했다. 김기림은 특히 내가 평범한 향토적 소재를 다루면서도 결코 복고주의(復古主義)에 빠져들지 않은 것을 높이 평가했다.

그는 내 작품 스타일을 모더니티로 해석하고자 했다. 그것은 그 나름대로 적절한 접근 방식이라 하겠다. 특히 시집 제작에서 사용한 종이와 활자의 모양, 여백의 배정 따위를 주목했다. 바로 거기에 고유의 주관적 호흡이 깃들여 있다고 평가했다. 당대 최고의 모더니스트가 하는 칭찬은 즐거운 것이었다. 지금도 그때 기억을 떠올리면 흐뭇하고 신명이 난다.

한편 시문학의 창립 멤버이던 박용철(朴龍喆, 1904~19 38) 시인도 같은 해 〈조광〉지 4월호에 내 첫 시집에 대한 리뷰를 실었다. 그 글의 제목은 「백석 시집 『사슴』 평」이다. 시인으로서 비평 활동까지 펼쳤던 박용철은 내가 시 창작에서 평북 방언을 즐겨 쓴 것을 높이 평가했다.

　"백석의 시집 『사슴』 1권을 대할 때에 작품 전체의 자태를 우리의 눈에서 가려버리도록 크게 앞에 서는 것은 그 수정(修整) 없는 평안도 방언이다. 그러나 우리가 이 작품의 주는 바를 받아들이려는 호의를 가지고 이것을 숙독한 결과는 해득하기 어려운 약간의 어휘를 그냥 포함한 채로 그 전체를 감미(鑑味)하는 데 아무 지장이 없다는 모어(母語)의 위대한 힘을 깨닫게 된다.(중략) 수정 없는 방언에 의하야 표출된 향토 생활의 시편들은 탁마를 경(經)한 보옥류(寶玉類)의 예술에 속하는 것이 아니라 서슬이 선 돌, 생명의 본원과 근접해 있는 예술인 것이다. 그것의 힘은 향토 취미 정도의 미온(微溫)한 작위(作爲)가 아니고 향토의 생활이 제 스스로의 강렬에 의하여 필연히 표현의 의상을 입었다는 데 있다."

–박용철의 글 「백석 시집 『사슴』 평」 부분

　박용철은 내 시집 『사슴』을 읽고 깊이 매료된 듯하다. 그해 말 〈조광〉지 12월호에서도 「지난 일 년의 성과」란 연간 총평을 통해 거듭 내가 발간한 시집의 성과를 높이 평가했다. '진실한 매력과 박력'이란 찬사까지 구사하면서 그 시적 성과를 상찬하고 있다. 그밖에도 오장환(吳章煥, 1918~1951) 등이 나의 시집 『사슴』에 대한 비평적 코멘트를 발표했다. 하지만 분단이 되면서 내 이름은 급격히 빛을 잃었고 특히 한국에서는 40여 년 동안 아주 잊힌 존재가 되었다. 나의 이름을 거명하는 것조차 불온하게 여겨지던 시대가 있었던 것이다.

　하지만 1987년 10월 시인이자 국문학자인 이동순(李東洵, 1950~) 교수에 의해 『백석시전집(白石詩全集)』(창비)이 발간됨으로써 나는 우리 민족문학사에서 새로운 조명을 받으며 화려하게 되살아났다. 그 시기에 나는 양강도 삼수군 관평리 산골에서 양치기를 하고 있었다. 그곳은 깊은 산골이었기에 나는 내 전집이 서울에서 발간되었다는 소식을 전혀 모르고 있었다. 그 누구도 나에게 그 소식을 전해준 사람이 없었다. 한국의 언론들에서는 우리 문학사가 잃어버린 시인을 되찾았다며 기쁨과 흥분이 가득한 기사를 썼다고 한다.

아무튼 이 시전집이 새로운 잉걸불이 되어 나는 캄캄한 망각의 세계에서 다시 호출되어 민족문학사에서 완전히 복권되었다. 현 단계 한국문학사에서 독자들에게 내가 가장 사랑받는 시인으로 자리 잡게 되었다고 하니 그러한 소식은 행복하기 그지없다.

함흥 영생고보의 교사가 되다

1930년대 후반, 나는 서울의 분위기가 질식할 것처럼 답답하고 싫어졌다. 원래 나의 타고난 성격이 조금이라도 싫은 것을 억지로 참고 배기지 못했던지라 고민에 휩싸인 나날을 보내다가 드디어 선택한 결론은 서울을 벗어나는 것이었다. 이런 선택을 하게 되자 한순간 몹시 홀가분한 마음이 들었다. 1936년 봄, 나는 두 해 동안 몸담아오던 조선일보 기자직을 미련 없이 그만두고 함경남도 함흥으로 떠났다. 함흥의 미션 계열 사립학교였던 영생고보의 교사로 가게 되었기 때문이다. 내가 서울을 떠나던 무렵, 조선일보사에서 발간하던 〈조광〉 잡지의 인기는 더욱 올라가고, 이에 고무된 사측에서는 또 다른 잡지 〈

여성>을 창간하기 위해 준비하고 있었다.

영생고보에는 일본 아오야마가쿠인의 선배인 시인 초허(超虛) 김동명(金東鳴, 1900~1968)이 교사로 재직하고 있었는데 평북 의주 출신의 비평가 백철(白鐵, 1908~1985)도 영생고보 영어교사로 근무하고 있었다. 나는 조선일보를 떠날 생각을 하던 시기에 전화로 그분들과 미리 연락해서 부임에 대한 확실한 동의와 다짐을 얻어둔 상태였다. 백철도 일본 유학파 출신으로 도쿄의 명문인 고등사범 영문과를 졸업했기에 진작 나의 존재에 대해 익히 알고 있었다. 동경고등사범은 줄인 말로 '동경고사(東京高師)'라 불렀다. 내가 함흥의 영생고보로 부임하게 된 것은 오로지 그 두 선배의 절대적 도움 덕분이다. 그들이 학교 재단 측에 나를 적극적으로 추천했다.

여기에 나를 후원하고 마음으로 돕는 또 한 사람의 선배가 있었으니 그는 바로 작가 한설야(韓雪野, 1900~1976) 선생이다. 그는 바로 함흥 출신으로 변명은 한병도(韓秉道)다. 고향에서 인쇄소와 서점을 운영하고 있었는데 일찍이 청년 시절 조선일보 학예부 기자 생활을 잠시 했었던지라 같은 신문사 기자 경력을 가진 나의 함흥 정착을 누구보다도 반가워했다. 인정이 많았던 한설야는 나에게 무엇이든 어려운 일이 있으면 자신에게 거리낌 없이 말하라고 했다. 내 함흥 생활에서 그곳에 먼저 자리를 잡은 문단의 여러 선배는 나의 타관 생활에 큰 버팀목이 되었다.

이렇게 해서 나는 함흥 영생고보에서 먼저 영어 교사로 첫발을 내디뎠다. 일본에서 유학 생활을 할 때 영문학을 전공했고, 교사 자격증까지 갖고 있었던 터라 교사로 일하는 데는 아무런 어려움이 없었다. 내 깔끔한 의복과 깍듯한 예절 덕분에 학생들에게 특별한 인기몰이를 했던 듯하다. 내가 아침 출근을 할 때면 여러 재학생이 2층 창문에 매달려 일제히 고개를 내밀고 '우~' 하는 함성을 질렀다. 마치 인기 영화배우라도 나타난 듯했다. 그 무렵 나는 감색 더블양복을 단정히 입고, 장발로 기른 모발을 뒤로 넘겼기에 치렁치렁한 느낌이 났다. 구두는 또 얼마나 잘 닦아서 아침햇살에 반짝였던가. 함흥 지역에서는 좀처럼 보기가 힘든 전형적 모던보이 스타일이었다.

나는 영어 교사로 아주 철저하고 엄격하게 완벽주의를

지향하는 방식으로 수업을 진행했다. 유명한 외국 시인들의 일화를 자주 소개하며 들려주었고, 제자들에게 시 창작의 행복과 즐거움도 전해주었다. 제자 김희모(金熙模)는 그 시절을 이렇게 증언하고 있다. 내가 수업 시간에 들어와 학반 재학생들 50명의 이름을 낱낱이 외면서 모든 제자를 깜짝 놀라게 했다는 것이다. 실제로 그랬었다. 내 기억력은 내가 생각하기에도 꽤나 두드러졌다. 여러 제자가 나를 천재로 여기며 그들의 롤 모델이었다고 말했다. 수업이 끝나면 학생들은 삼삼오오 모여서 이런 화제들로 쑤군거렸다고 한다.

이 시기에 나에게 가르침을 받은 제자들 중에는 나중에 유명한 인물이 된 사람들이 더러 있다. 본명이 강용률(姜龍律, 1915~1963)인 아동문학가 강소천(姜小泉), 저명한 목사가 되었던 김관석(金觀錫, 1922~2002), 영화감독이 된 유재원, 서울대 음대 교수가 되었던 김순열(金順烈), 이화여대 교수가 된 현영학(玄永學, 1921~2004) 등이 모두 내가 길러낸, 재능 있는 제자들이다. 특히 강소천의 경우는 내가 일찍부터 그의 문학적 재주를 알아보았다. 때로는 그가 습작한 동시를 직접 지도해주기도 했다. 거기에 머물지 않고 나중에는 1937년 조선일보 출판부에서 발간하던 잡지 〈소년〉 창간호에 발표시켜 문단에 얼굴을 내밀도록 해주었다. 그러니까 강소천의 문단 데뷔는 오로지 내가 주선해준 덕분이었던 것이다. 그의 등단 작품은 동시 「닭」이다.

"물 한 모금 입에 물고
하늘 한 번 쳐다보고
또 한 모금 입에 물고
구름 한 번 쳐다보고"

제자 김희모가 들려주는 회고 속에서 나의 함흥 생활은 외롭고 적적한 삶이었던 것으로 회고하고 있다. 나는 그때 학교에서 멀지 않은 운흥리(雲興里) 쪽에 하숙을 정하고 지내다가 나중에 중리(中里)로 거처를 옮기게 되었다. 그곳은 제자 고희업(高熙業)의 부모가 운영하는 곳이었다. 유달리 소란과 번잡함을 꺼리는 나에게 고즈넉한 중리 쪽 분위기는 무척 마음에 들었다. 게다가 제자의 부모가 식사와 침구, 난방에 대해 각별히 신경을 써주기까지 하니 더는 다른 아쉬움도 없었다.

나는 한가할 때 함흥 주변을 산책하는 시간을 즐겼다. 중리 부근에는 성천강이 흐르고 있어서 그 강변을 거닐며 여러 가지 착상을 떠올리기도 했다. 이 무렵에 쓴 시 작품으로 '함주시초(咸州詩抄)' 연작을 들 수 있다. 그 가운데 한 편인 시작품 「선우사(膳友辭)」는 중리의 하숙집에서 자주 밥상에 올라오던 동해의 가자미를 다루었다.

"낡은 나조반에 흰밥도 가재미도 나도 나와 앉아서
쓸쓸한 저녁을 맞는다
흰 밥과 가재미와 나는
우리들은 그 무슨 이야기라도 다 할 것 같다
우리들은 서로 미덥고 정답고 그리고 서로 좋구나

우리들은 맑은 물밑 해정한 모래톱에서 하구 긴 날을 모래알만 헤이며 잔뼈가 굵은 탓이다

바람 좋은 한 벌판에서 물닭이 소리를 들으며 단 이슬 먹고
나이 들은 탓이다

외따른 산골에서 소리개 소리 배우며 다람쥐 동무하고 자
라난 탓이다

우리들은 가난해도 서럽지 않다

우리들은 외로워할 까닭도 없다

그리고 누구 하나 부럽지도 않다

흰밥과 가재미와 나는

우리들이 같이 있으면

세상 같은 건 밖에 나도 좋은 것 같다"

−시 「선우사」 전문

이 시에는 내 함흥 시절의 은근하고 향기롭고 사랑스러
운 고독이 담겨져 있다. 게다가 내가 좋아했던 음식은 손
바닥 크기의 가자미 생선구이다. 이것만 밥상에 올라오
면 어찌 그리고 좋았던가. 지금도 그때 생각을 하면 새삼
스럽게 가자미구이가 떠오른다. 밥 한 공기와 가자미 구
이가 오른 소박한 저녁 밥상을 받고 싶어진다. 밥과 가자

미와 외로운 시인은 정겨움이 무척 많이 느껴지는 다정한 친구 사이다. 세상에 어느 누가 밥상에 올라온 가자미를 테마로 해서 이런 시를 쓸 생각이나 했겠는가, 이처럼 나는 함경도 지방의 음식을 시로써 바꾸어보는 특별한 발상을 하려고 애를 썼다.

더 놀라운 것은 이 함흥 영생고보 교사 시절, 내가 영어만 가르치지 않고 축구부 지도를 맡았다는 사실이다. 시인은 대체로 스포츠나 구기 운동 쪽에 그다지 재능이 없는 경우가 많은데 나는 축구공을 몰고 비호같이 전진하는 방법이나 돌파 기법을 가르쳤다. 제자들은 내가 축구공을 다룰 때 내가 과연 영어 교사인지 체육 교사인지 분간되지 않을 때가 많았다는 말을 했다. 해마다 서울에서는 전조선 고보 대항 축구 시합이 열렸다. 그때는 영생고보 축구팀을 인솔해서 열차 편으로 시합에 참가하기 위해 서울을 다녀오기도 했다.

이처럼 내 함흥 생활은 호젓하고도 행복감을 느끼게 해주었다. 늘 분주하고 바쁜 서울에서의 기자 시절과 비교하면 함흥에서의 시간들은 차분히 가라앉아 있는 바다 밑

생활과도 같았다. 이 무렵 나는 함흥 생활이 담긴 시를 여러 편 써서 발표했고, 또 수필도 더러 써서 서울의 신문사로 보냈다. 그때 내가 쓴 수필 가운데는 나귀를 한 마리 사서 학교로 출근하고 싶은 몽환적인 상상이 들어 있는 것도 있었다. 실제로 나귀를 사지는 않았지만 프랑시스 잠(1868~1938)의 시편들에 나오는 나귀의 표상과 그 분위기를 꽤나 사랑하면서 함경도에서 그런 장면들을 떠올린 것이다. 느긋하고도 여유가 느껴지던 내 함흥 시절이 지금도 그립다.

시인과 기생의 러브스토리

　내 삶과 문학에 있어서 함흥이란 장소성은 매우 중요한 의미를 지닌다. 왜냐하면 서울에서 꽉 막혔던 정신의 질곡이 함흥 생활에서 조금씩 해소되고 있었기 때문이다. 이곳에서 여러 편의 시를 썼고, 영생고보 교사 체험도 즐거웠다. 하지만 그것보다도 단연 으뜸인 것은 이곳에서 내가 특별한 여성을 만나 뜨거운 사랑을 나누는 시간이 있었기 때문이다.

　함흥 생활에서 내가 경험했던 것들 중에는 가슴을 아주 절절히 저미게 하는 함흥 지방의 슬픈 민요가 있다. 〈함흥아리랑〉만 해도 일본의 제국주의 수탈을 암시하는 내용이 은근히 바탕에 깔려 있다. 어느 날은 퇴근해서 중리의 하숙집으로 돌아오는 길에 행색이 몹시 남루한 걸인 하나가 골목 입구의 돌계단에 앉아서 부르는 노래를 들었는데 눈물이 저절로 흐를 만큼 가슴이 아프고 아렸다.

"문전옥답은 다 팔아먹고
거러지 생활이 웬일이냐
양양의 길 같은 이 내 몸도
내 짝 잃고서 이 꼴이라
십리 길 멀다고 우는 님아
이날이 지면은 어찌 하리"

함흥의 민요들은 대체로 비극성을 담고 있다. 이른 봄 버들가지를 꺾어 속대궁을 파내고 껍질의 끝을 잘근잘근 씹어서 불어보는 호들기 노래는 그야말로 눈물이 날 정도로 구슬프다. 호들기는 버들피리의 다른 말이다. 함흥의 피리노래에서는 뜻밖에도 호환(虎患)과 관련된 대목이 보인다. 이 함흥 일대가 숲이 울창해서 호랑이가 들끓었던 시절이 있었던가 보다. 바깥에서 일하던 아비는 호

환으로 세상을 떠나고, 홀로 된 어미는 바닷가에 해초를
따러 갔다가 파도에 실종된 비극적 사연을 다루고 있다.

  "피리야 피리야 닐닐 울어라

  너의 아버지는 나무하러 갔다가

  범 아가리에 물려서 죽어버렸다

  피리야 피리야 닐닐 울어라

  너의 어머니는 소금밭에 갔다가

  소금물에 빠져서 죽어버렸다"

　내가 처음 함흥에 도착했을 때 우선 놀란 것은 함흥시
민들의 낯선 말씨다. 언뜻 들으면 경상도 억양과 흡사하
지만 내 고향 정주 일대와 평안도의 사투리와는 너무도
이질적이고 확연히 구별되는 말씨였다. 뿐만 아니라 관
북 사람들에게는 평안도 지역인 관서 사람들에 대한 편견
이 있었다. 거기엔 약간의 냉소나 비하 따위가 노골적으
로 들어있었다. 그 때문에 나는 학교 내에서도 동료 선후
배 교사들에게 절제된 행동과 예의바른 태도를 늘 보여주

었다. 공연히 평안도 사람에 대한 나쁜 인식이 염려되었기 때문이다. 그런 후로 나에 대한 평판은 나날이 좋아졌다. 어느 날 학교의 커다란 행사가 있었고, 그날 저녁에는 함흥권번이 운영하는 요릿집에서 회식을 하게 되었다.

나는 정해진 시간보다 조금 일찍 가서 가급적 상석을 피해 아래쪽으로 자리를 잡았다. 학교의 간부들이 하나둘 모여들기 시작했다. 특별한 것은 권번의 기생들이 한복을 곱게 차려입고 일일이 귀빈들을 영접했다는 점이다. 그들의 안내에 따라 자리를 잡고 앉았는데 교장 선생이 멀리서 나에게 손짓을 하며 좀 더 자기에게 가까운 자리로 옮겨 앉도록 했다. 이윽고 손님들이 모두 좌정하자 인사말을 한 뒤 연회가 시작되었다. 영생이 기독교 계열의 학교이니만큼 테이블 위에 술은 따로 준비되지 않았다. 그런데 손님의 숫자는 많고 기생들의 숫자는 턱없이 모자랐다. 그래서 손님들 서넛을 지나 기생 한 사람씩 앉아 시중을 들게 되었다. 그 가운데서 키가 자그마하고 용모가 차분한 기생 하나가 바로 내 옆자리에 앉게 되었다.

그녀는 시선을 아래로 향한 채 나에게 가벼운 목례를

보냈다. 한 기생이 최소한 5인 이상의 참석자에게 식사 수발을 들어야 하니 그녀가 나에게만 서비스를 하거나 대화를 나눌 틈이 없었다. 저녁 식사가 모두 끝나고 뒤풀이 담화를 나누는 시간이었다. 내 옆의 기생도 그때는 조용히 앉아 쉬고 있었다. 나는 돌연히 식탁 아래로 손을 내려서 그 기생의 손등을 슬며시 포개어 잡았다. 기생은 움찔하며 당황했지만 소리를 지르거나 몹시 놀라는 그런 기색을 차마 나타내 보일 수가 없었다. 나는 앉은 채로 상체를 기생 쪽으로 약간 기울이고 얼굴은 마치 시치미를 떼듯 맞은편을 향해 보면서 소곤거리는 말투로 속삭였다.

"오늘부터 당신은 내 마누라니 그리 알아요."

너무도 느닷없는 돌출 발언에 놀라 기생의 얼굴에는 한순간 홍조가 서렸다. 그녀의 작은 가슴은 콩닥콩닥 뛰면서 사뭇 얼어붙는 것만 같았다. 잡힌 손은 와들와들 떨리기도 했다. 그녀의 손바닥은 따뜻했다. 가만 있자. 손이 따뜻하면 심성도 이처럼 따뜻할 것인가. 옆자리의 젊은 선생에게 갑자기 손등을 잡혔지만 기생은 놀랍게도 전혀 내색하지 않고 짐짓 태연한 얼굴로 앉아 있었다. 그때 그 순간이 바로 사랑과 운명의 기로가 아니었던가 한다.

기생의 이름은 김진향(金眞香). 본시 서울 출생으로 한성권번 소속이었으며 일본 오사카의 사범학교에서 유학 생활을 하다가 지금은 어떤 연고로 함흥에 와서 잠시 머물고 있다고 했다. 물론 이런 사연들도 나중에 그녀와 친밀해지고 난 뒤에 들은 이야기다. 진향이 머물고 있는 권번은 함흥의 중심가인 온정리에 있었고, 따로 얻어놓은 하숙집은 성천강 가는 길목인 사포리에 있었다. 아담한 기와집이었다. 당시 나의 하숙집은 중리 쪽에 있었는데 그날 이후 우리 두 사람은 급속히 가까워졌다. 서로 마음의 장애가 걷히고 나니 그렇게도 다정다감하고 센스가 넘치며 매력적인 여성이었다. 그 모습이 얼마나 사랑스러운가. 보면 볼수록 귀엽고 사랑스러웠다. 그녀에게 내 이미지도 수용적이었지만 내 마음속에서의 그녀도 마찬가지였다.

우리 두 사람은 기묘한 일치와 배합을 확신했다. 함흥 생활이 더는 외롭지 않았다. 때로는 둘이 함께 손을 맞쥐거나 팔짱을 끼고 시내 샘물동이나 경치 좋은 연못동을 걸었다. 노을 지는 성천강 강변길은 우리가 도란도란 정담을 나누며 걷는 단골 코스였다. 주말이면 함께 시내 백화점을 돌아다녔는데 진향은 나에게 잘 어울리는 넥타이를 사주었고, 나는 그녀에게 멋스러운 디자인의 스카프를 골라주기도 했다. 첫 만남의 인연을 맺기가 어렵지 일단 마음이 열리고 소통을 하게 되면 그 어떤 것도 거칠 것이 없었다. 우리는 서로 흔쾌한 사이였고 몸은 뜨거운 사랑으로 활활 달아올랐다.

함흥에는 겨울에 첫눈이 일찍 내린다. 11월 중순, 하늘이 어둑어둑하게 내려앉은 어느 날, 저녁나절부터 눈이 퍼붓기 시작했다. 처음엔 가느다랗게 내리던 눈은 시간이 갈수록 함박눈으로 바뀌어 도로와 건물들이 금방 흰눈에 덮였다. 두 사람은 밝고 환하게 웃으며 마치 두 마리의 산짐승처럼 눈발 속에서 이리 뛰고 저리 뛰면서 눈을 뭉쳐 서로에게 던지기도 했다. 그리고는 마주 껴안고 눈밭을 뒹굴어보기도 했다. 물론 주변에 아무도 보는 사람이 없었기 때문이다. 이윽고 밤은 점점 깊어가고 자정은 가까워지는데 자꾸 늦어지는 것이 염려된 내가 먼저 진향의 하숙집까지 바래다주었다.

"잘 들어가요. 오늘 무척 즐거웠어."

하지만 그냥 작별하고 냉큼 집으로 들어갈 자야가 아니었다. 그녀가 다람쥐처럼 쪼르르 달려와 내 팔을 바싹 당겨 팔짱을 끼면서 "이젠 내가 당신을 바래다드릴 거예요."라고 말했다.

두 사람은 다시 나의 하숙집을 향해 천천히 걸음을 옮긴다. 이대로 밤이 새면 좋겠다는 생각을 했다. 눈은 그치지 않고 계속 퍼붓는다. 길 옆의 구석진 곳에는 거의 한 자나 쌓였다. 그런 곳은 절대 발을 디디지 말아야 했다. 중리의 내 하숙집 문 앞에 다다르자 우리 둘은 껴안고 얼굴을 마주 보며 싱긋 웃었다. 아마 뽀뽀도 했을 것이다. 그다음 차례가 무엇인지 이미 둘은 이심전심으로 알고 있다. 이제는 내가 진향의 하숙집으로 그녀를 바래다줄 차례였다. 이렇게 우리 두 사람은 서로의 하숙집을 오고 가며 눈내리는 함흥의 밤길을 날이 새도록 걸었다. 시간이 가는 것이 아깝게 느껴졌다. 이대로 지구 끝까지 걸었으면 좋겠다는 생각을 했다. 가슴속에서 활활 끓어오르는 사랑의 불길 앞에는 어떤 추위도 폭설도 전혀 두렵지 않았다.

마침내 새벽 무렵, 발도 얼고 입술이 파랗게 얼었다. 진향은 내 손을 잡고 자기 하숙방으로 슬며시 끌어당겼다. 따뜻한 방 안에 들어간 두 사람은 머리와 어깨의 눈을 털고 누가 먼저랄 것도 없이 마주 껴안았다. 이제 우리 둘은 결코 떨어질 수 없는 사이가 되었다. 아, 달콤한 사랑의 시간들이여. 아름다워라, 청춘의 살뜰한 시간이여. 이대로 시간이 정지했으면 좋겠다고 생각했다. 내 시의 독자들이 무척 좋아하는 시인 「나와 나타샤와 흰 당나귀」는 바로 이 무렵에 쓴 작품이다. 사람들은 자꾸만 나타샤가 누구인지 묻는데 그런 질문은 나에게 답답한 물음이다. 그저 짐작으로 알면 좋을 것이다.

"가난한 내가

아름다운 나타샤를 사랑해서

오늘 밤은 푹푹 눈이 나린다

나타샤를 사랑은 하고

눈은 푹푹 날리고

나는 혼자 쓸쓸히 앉아 소주(燒酒)를 마신다

소주를 마시며 생각한다

나타샤와 나는

눈이 푹푹 쌓이는 밤 흰 당나귀 타고

산골로 가자 출출이 우는 깊은 산골로 가 마가리에 살자

눈은 푹푹 나리고

나는 나타샤를 생각하고

나타샤가 아니 올 리 없다

언제 벌서 내 속에 고조곤히 와 이야기한다

산골로 가는 것은 세상한테 지는 것이 아니다

세상 같은 건 더러워 버리는 것이다

눈은 푹푹 나리고

아름다운 나타샤는 나를 사랑하고

어데서 흰 당나귀도 오늘 밤이 좋아서 응앙응앙 울을 것이다"

　－시 「나와 나타샤와 흰 당나귀」 전문

이렇게 해서 우리 둘은 기어이 한집에서 함께 살게 되었다. 잠시라도 떨어져서 살아갈 수가 없었으니 그것은 하나의 필연이었다. 이후 진향의 하숙방은 우리 두 사람의 사랑이 뜨겁게 무르녹는 최고의 보금자리였다. 나는 학교에 출근했다가도 그녀가 그리워서 모든 것을 서둘러 정리하고 냉큼 집으로 달려왔다. 만나자마자 둘은 껴안고 방바닥을 이리저리 뒹굴었다. 내가 그녀를 두 팔로 워낙 세게 안았더니 진향은 잠시 풀어달라고 했다. 숨을 제대로 쉴 수가 없다고 했다.

　나는 평소 내가 즐겨 읽던 일본 시인들의 시집을 구해 와서 자야에게 읽어주었다. 하기와라 사쿠타로(萩原朔太郞)의 시집 『표랑자의 노래』나 마쓰오 바쇼(松尾芭蕉)의 하이쿠도 즐겨 낭송했다. 당시 내가 가장 즐겨 읽던 시집은 이시카와 타쿠보쿠(石川啄木)의 대표시집인 『한 줌의 모래』다. 진향은 내가 부드러운 목소리로 들려주는 시 낭송을 참으로 좋아했다. 그녀는 내 시낭송에는 어쩐 일인지 들어도 들어도 싫지 않은 묘한 마력이 있다고 했다. 은

근함, 다정함, 호젓함, 고즈넉함 등등 온갖 여운이 내 성음 (聲音)을 감싸고 마치 포근한 양털 솜처럼 서려온다고 말 했다. 대개 내가 시를 낭송해줄 때 우리 둘의 자세는 늘 고 정된다. 방바닥에 이부자리를 깔고 내가 진향에게 오른 쪽 팔로 팔베개를 해주어 길게 누운 모습이다.

  왼손으로는 시집을 들고 부드러운 음성으로 천천히 낭 송을 들려준다. 그럴 때면 진향은 또르르 몸을 말아 나의 품으로 파고든다. 사랑하는 사람의 품에 안긴 채 그가 들 려주는 시 낭송이 어찌 그리도 감미로운지 몰랐다. 세상 에 어떤 것이 이보다 좋을 것인가. 자야는 시 낭송을 듣다 가 사랑하는 사람의 품에 안겨서 사르르 잠이 들기도 했 다. 그녀가 잠이 들 때 나는 혹시라도 진향이 잠을 깰까 염 려되어 조심조심 시집을 내려놓는다. 그리곤 그녀의 작 은 어깨를 진득하니 감싸 안았다. 잠자는 그녀의 입술에 내 입술을 살그머니 포갰다. 아, 그 시절을 떠올리면 내 가슴이 뜨겁게 달아오른다. 아름답던 그 시절은 어디로 갔나. 다시는 돌아오지 못할 애틋한 사랑의 시간들이여.

  어느 날 나는 당시(唐詩)를 읽다가 이백의 시 「자야오가」에 눈길이 한참 머물렀다. 그러다가 문득 말했다.

"오늘부터 당신 이름을 자야(子夜)라고 부를 거야."

"어머 예쁜 이름이네요. 마음에 들어요. 그런데 어쩐지 슬픈 느낌이 나는군요."

그날 이후 나는 그녀를 자야라고 불렀다. 자야는 진향을 대신하는 애칭이 되었다.

시인과 기생의 사랑. 그 시인은 함흥의 청년 교사 백석이다. 기생은 함흥권번의 진향이다. 이 소문이 함흥 시내에 차츰 파다하게 퍼졌다. 알만한 사람은 다 알게 되었다. 하지만 함흥에서는 그것을 나쁘다고 비난하거나 빈정거리지 않았다. 그만큼 함흥은 비록 변경 지역이긴 하지만 교육문화도시로서의 체모와 너그러운 이해심을 가진, 열린 고장이었다. 우리에게 이런 사랑의 뜨거운 시간이 허용된 것은 함흥에서 서울에 이르기까지 모두 3년이다.

진향은 진향대로 일과가 분주했다. 함흥권번에서 부여한 여러 가지 일을 해야 했고, 그 틈틈이 자신에게 커다란 은혜를 베풀어 준 옥중의 해관(海觀) 신윤국(申允局, 1894~1975) 선생을 찾아가 면회하고 솜을 넣은 누비옷과 사식을 차입해드리는 일을 했다. 신윤국 선생은 서울 시절부터 기생 자야를 특별히 사랑해서 마치 손녀딸처럼 대해주었다. 자야는 선생의 도움으로 일본 유학을 떠났지만 해관 선생이 조선어학회사건의 배후자로 체포되어 홍원형무소에서 옥중 생활을 하고 계신 것이었다. 자야가 일본 유학 생활을 중단하고 함흥에 와서 머물게 된 것은 오로지 해관 선생의 옥바라지 때문이었다. 그 과정에서 소중한 사랑 백석을 만나게 되었으니 이 또한 일석이조(一石二鳥)가 아니고 무엇인가.

사랑은 숨바꼭질인가

잠시라도 떨어져 있으면 불안한 마음이 들었다. 숨이 가쁘고 가슴은 두근거렸다. 하지만 사랑하는 사람을 만나게 되면 모든 것이 제 자리로 차분히 평정되었다. 이러던 어느 날 정주 본가에서 보낸 전보가 왔다. '부친 위독'이라는 네 글자가 표시되어 있었다. 나는 깜짝 놀란 나머지 학교에 이 전보를 보이면서 한 주일 휴가를 내어 평북 정주로 허겁지겁 서둘러 달려갔다. 함흥에서 정주를 가려면 함경선으로 원산까지 가서 다시 경원선을 바꿔 타고 서울로 갔다. 거기서 또 경의선 열차표를 새로 구입해 평양을 거쳐 순안, 숙천, 안주, 박천, 다복동, 가산을 지나 고향 정주역까지 당도했다.

거의 이틀이나 걸려서 고향집에 도착하게 되니 멀고 먼 거리다. 수월한 여정은 결코 아니기에 자주 갈 수 없다. 정주의 부모님은 아들이 워낙 소식도 없고 집에 돌아오지도 않으니 무엇보다도 아들의 얼굴을 무척 보고 싶어 했다. 그냥 다녀가라면 차일피일 이런저런 핑계를 대며 바로 오지 않을 것이다. 그래서 '부친 위독'이라는 가짜 전보를 보내게 된 것이다. 하지만 이런 전보는 꼭 한 번만으로 족하지 자주 보낼 일은 아니다. 아무튼 내가 전보를 받고 헐레벌떡 고향집에 당도했는데 뜻밖에도 아버지는 건강한 모습으로 마당에서 도끼로 장작을 패고 있었다.

"아니, 아버지! 어찌 된 일이어요? 위독하시다면서요?"

아버지는 빙그레 웃으시며 말씀하셨다.

"네가 너무도 보고 싶고 또 볼 일도 있어서 내가 꾀를 내어 부른 것이지."

어머니는 옆에서 걱정스러운 얼굴로 서 있었다.

"내가 그토록 말렸는데도 네 아버지가 불쑥 전보를 보내셨어."

나는 어이가 없었다. 아버지가 말씀하시는 '볼 일'이란

게 과연 무엇인가. 즉시 느낌으로 전해져오는 어떤 그 무엇이 있었다. 그것은 바로 아들의 혼사와 관련한 문제였다. 맞선을 보러오라면 결코 순순히 수락하고 올 아들이 아니었다. 그래서 궁리하다 못해 미리 혼처를 구해놓고 초례를 지낼 날까지 받은 상태에서 나에게 전보를 친 것이다. 나는 혼자 방에 들어앉아 있었는데 기가 막힌 심정 때문에 아무 생각도 나지 않았다. 대관절 이 일을 어찌 해야 하나. 나는 부모님 면전에서 그 혼례를 단호히 거절할 수 있는 직선적인 기질이 아니었다.

밤새 생각해서 결정한 것은 표면적으로 부모님 뜻을 받드는 척하다가 혼례를 올린 직후 밤중에 도망을 치는 방법이었다. 부모님은 아들이 완강하게 거부하지 않는 것이 내심 기쁘고 흐뭇한 표정이었다. 어른들에게는 속히 아들의 혼례식을 올리고 며느리에게 손자를 얻고 싶은 마음뿐이었다. 그래서 군말 없이 순순히 따르는 아들에게 고마운 마음까지 들었다. 기어이 혼례를 올리게 되는 날이 밝았다.

집에서는 일가친척들이 모두 모여 혼례식 준비로 웅성

거렸다. 우물가에서는 돼지를 잡고 또 마당 가운데에서는 곧 올리게 될 예식을 준비하느라 모두 분주했다. 영문도 모르는 신부가 미리 도착해서 화관으로 장식된 족두리를 쓰고 두 볼에는 연지곤지를 찍고 차분히 앉아 포장 뒤에서 기다렸다. 나는 사모관대 차림으로 엉거주춤 초례청에 섰다. 시간이 어떻게 흘러갔는지 모른다. 머릿속은 복잡하기만 했다. 아주 부자연스럽게 엉거주춤 초례(醮禮)란 것을 치른 뒤 이윽고 날이 저물었다. 바깥에서는 모두 술을 마시고 떠들었다. 그 틈을 타서 나는 소피를 보러 가는 척하면서 냅다 뒷문으로 달아났다. 삼십육계 줄행랑이었다. 이럴 때는 우선 그 자리부터 모면하고 보는 것이 최고의 급선무가 아닌가.

하지만 이는 두고두고 생각해도 비겁하기 짝이 없는 짓이었다. 화촉동방(華燭洞房)에 혼자 앉아서 신랑을 기다리는 신부의 처지는 과연 어떠했을까. 그녀로서는 얼마나 억울하고 울화가 치미는 일인가. 혼례를 올린 우리 집에서는 그날 밤 난리가 났다. 신랑이 신방을 거부하고 사라졌기 때문이다. 사돈댁 보기에도 이게 무슨 봉변인가.

이게 무슨 아이들 장난인가. 아무튼 그 모든 소란을 뒤로
하고 나는 냅다 도망을 쳐서 밤길을 오래도록 달리고 달
려 날이 새자마자 열차 편으로 함흥까지 왔다. 함흥을 떠
난 지 꼭 일주일 만이었다. 지치고 넋이 나간 기색으로 돌
아온 내 얼굴을 보며 눈치가 빠른 자야는 벌써 무언가 낌
새를 알아챘다.

'필시 무슨 일이 있었던 거야.'

자야는 혼잣말로 중얼거리며 냉랭하면서도 무표정한
얼굴로 어떤 말도 하지 않았다. 그렇다고 화를 내는 것도
아니었다. 그렇게 싸늘한 상태로 사흘이 지났다. 나는 그
싸하면서도 차가운 불안과 진공 상태의 분위기가 불편하
고 초조해져서 자꾸만 안절부절못하는 꼴이었다. 그러던
어느 날, 내가 학교에서 퇴근하고 돌아와 내 시가 실린 잡
지 〈조광〉을 책상 위에 놓으면서 이렇게 말했다.

"이번 호 잡지에 당신에게 보내는 시작품이 실렸어."

하지만 자야는 그 말에도 종내 무표정이었다. 밤에도
이부자리를 따로 펴고 등을 돌린 채 잠이 들었다. 다음 날
자야는 내가 출근한 뒤에 그 잡지를 본 듯하다. 저녁에 퇴

근해서 돌아오니 뜻밖에도 얼었던 표정이 풀려 있었다.

"바닷가에 왔더니

바다와 같이 당신이 생각만 나는구려

바다와 같이 당신을 사랑하고만 싶구려

구붓하고 모래톱을 오르면

당신이 앞선 것만 같구려

당신이 뒤선 것만 같구려

그리고 지중지중 물가를 거닐면

당신이 이야기를 하는 것만 같구려

당신이 이야기를 끊은 것만 같구려

바닷가는

개지꽃에 개지 아니 나오고

고기비눌에 하이얀 햇볕만 쇠리쇠리하야

어쩐지 쓸쓸만 하구려 섧기만 하구려"

—시 「바다」 전문

자야는 나직하게 이 시를 낭송했다. 한 대목 한 대목 새겨가며 읽던 자야는 기어이 눈물을 뚝뚝 흘렸다. 시를 끝까지 다 못 읽고 방바닥에 쓰러진 채 흐느껴 울었다. 내가 보는 앞에서는 일종의 저항적 자세로 줄곧 냉랭한 표정을 지었지만 내가 자야에게 보내는 헌시(獻詩)를 읽으면서 그녀 가슴속의 모든 시름이 스르르 녹아버린 것이다. 자야는 갑자기 일어나 내 가슴을 부둥켜안았다.

"미안해요. 죄송해요."

"나를 용서해 주시구려. 자야."

우리는 마주 껴안고 한참 동안 서서 입술을 부볐다. 자야의 얼굴은 흘러내린 눈물로 어룽져 있었다. 자야는 시를 읽고 생각했다.

'어떠한 경우에도 저 사람의 마음은 나에게 쏠려있는 게 틀림없어.'

이런 확신을 하게 된 이후로 자야는 다시 예전처럼 다정하고 뜨거운 사랑의 표현을 완강하게 해왔다. '그러면 그렇지, 그 마음이 어딜 갈 수 있으리. 내가 저 사람의 진심을 이해하고 감싸주는 것이 맞아.' 시간이 흐를수록 자야의 마음속에는 나에 대한 열정이 점점 깊어져 갔다. 나

또한 마찬가지였다.

끝내 풀지 못한 갈등(葛藤)

칡덩굴과 등나무 덩굴이 서로 엉퀴면 도저히 풀 도리가 없다는 옛말이 있다. 목표나 이해관계가 서로 달라서 충돌이 생기거나 심지어 적대시하는 경우까지 생긴다. 같은 덩굴식물인 칡이나 등나무는 줄기나 가지가 뻗어나갈 때 스스로의 힘으로는 도저히 버틸 수가 없다. 오직 다른 물건이나 식물에 의지해서 그것에 기대고 성장을 한다. 이것은 모든 덩굴식물에게 해당된다. 하지만 덩굴을 벋어가는 방향이 칡은 오른쪽이지만 등나무는 왼쪽이다. 그래서 이 두 나무가 만난다는 것은 바로 악연(惡緣)의 상징이기도 하다. 말하자면 너는 너대로 나는 나대로 제각기 방향을 찾아서 간다는 것이다. 이것은 상호 충돌을 의미한다.

　나랑 자야 사이의 갈등은 무엇 때문에 빚어졌던가. 그것은 바로 내가 고향집에 가서 올린 혼례로 말미암아 동거하던 두 사람의 사랑에 금이 가기 시작했다는 말이다. 물론 그 혼례는 내 의사와는 상관없이 오로지 부모님 뜻대로 올린 것이다. 설령 그렇다 할지라도 자야의 처지에서는 그것에 심한 불쾌감을 느끼고 질투심까지 부글부글 끓어올랐을 것이다. 게다가 정식 혼인을 하지 못하는 열등한 자기 위상에 대한 탄식과 자책감 따위는 칼날이 되어 자야를 괴롭혔다. 자야의 투정과 앙탈은 바로 그 때문이었다. 나 또한 그런 입장을 짐작하기에 어떤 변명도 하지 못하고 오직 자야의 눈치만 슬금슬금 보게 되었으리라. 이런 곡절로 말미암아 함흥 시절 후반에는 우리 둘 사이에 티격태격하는 횟수가 자꾸 늘어났다. 그러다가 어느 날 내가 학교에서 퇴근해 돌아와 보니 텅 빈 방 안에는 쓸쓸한 적막만이 감돌았다. 자야는 모든 짐을 가지고 단호하게 가출해버린 것이다.

　황급히 함흥권번을 찾아가 확인해보니 자야는 급한 일

이 생겨서 서울로 다시 돌아가게 되었다는 말만 남기고 그날 정오 무렵에 경원선 열차 편으로 함흥을 떠났다고 했다. 나는 한순간 가슴이 답답하고 눈앞이 아득했다.

자야는 정주를 다녀온 뒤의 내 행동과 태도를 보고 나를 몰염치하고 너무도 둔감한 사람이라고 판단한 것으로 보인다. 이런 내 모습을 보면서 자야의 속마음은 깊고 커다란 실망감으로 이어졌다. 내가 자야에게 전보다 더 크나큰 죄책감을 고백하며 만약 매달리고 찾았다면 문제는 또 달라졌으리라. 나는 단지 자야의 눈치만 보면서 주변을 어슬렁거리며 소극적으로 맴돌기만 했다. 그녀의 분리불안감에 대해 내가 너무 둔한했던 것은 사실이다. 고향 집 부모가 주도했던 결혼식으로 두 사람 사이의 이별이 도래하게 되는 것을 가장 염려했던 사람은 자야다. 나는 왜 이렇게도 사실에 둔감했던 것일까.

자야는 직설적으로 "당신 나 사랑해?"라든가 "당신은 누구 편이야?"라는 질문을 전혀 하지 않았다. 그토록 사랑을 나누고 뜨겁게 애착했던 대상에게 정서적 안정과 지지를 받지 못한다는 점이 자야로서는 무엇보다도 자존심이 상하고 힘들었을 것이다. 그 때문에 빚어진 무력감은 걷잡을 수 없이 자야의 삶을 근본적으로 송두리째 흔들고 말았으리라. 이런 경우 화를 내면서 앙탈도 부리며 매달려 울기도 했을 터이지만 자야의 경우 극도의 우울증을 겪는 것이 두려워 단봇짐을 싸고 서울로 달아나는 방식을 선택한 것으로 짐작된다. 이 일로 우리 두 사람의 함흥 생활에서 체감하게 된 사실은 서로에게 자신이 얼마나 소중한 존재인가를 확인했다는 것이었다. 그런데도 자야에게 그토록 소중한 존재였던 내가 그녀를 무시하고 마치 거부하는 듯한 느낌을 주고 말았던 것이다.

이러한 과정은 오래도록 크고 깊은 상처로 남는다. 자신이 더 이상 상처받지 않기 위해, 혹은 애착의 욕구조차 소멸시키려고 자야는 함흥을 떠나는 방식을 택했다. 이런 경우 떠나지 않고 각방을 쓰거나 별거를 하는 방법도 있을 터이지만 그들은 단칸방에서 함께 살았기 때문에 각자 딴방을 쓰거나 별거를 할 수 있는 환경도 아니었다. 자야는 가장 충격적인 방법인 가출을 선택했고, 아예 함흥을 떠나버렸다. 자야가 떠난 빈방에서 손깍지 베개를 하고 누워 나는 온갖 상념에 휩싸였다. 이 기회에 아예 그녀를 단념해버릴까. 하지만 그것은 거의 불가능한 것이었다. 자야에게 무척이나 심신을 의지하고 그녀를 뜨겁게 사랑하고 있었던 것이다.

나는 도저히 내 마음속에서 자야를 떠나보낼 수가 없었다. 둘 사이의 갈등을 회복하고 원상태로 되돌려놓는 방법은 단 하나뿐이다. 바로 내가 먼저 적극적으로 다가가는 것이다. 생각이 여기에 다다르자 나는 어떻게든 빨리 시간을 내어 서울로 자야를 찾아갈 궁리를 했다. 아주 그녀의 곁에 돌아가 머무를 방도는 없는 것일까. 다행히도 그런 기회는 예상보다 빨리 다가왔다.

다시 만난 자야(子夜)

　　그 무렵 경성에서 전조선 고보 대항 축구대회가 열리게 되었다는 소식을 들었다.

　　함흥 영생고보 축구부 학생들은 그동안 땀 흘려 연습한 실력을 이번 기회에 제대로 한 번 펼쳐서 학교의 명예를 빛낼 생각부터 했다. 그리고 무엇보다도 함흥 시골뜨기들이 서울의 화려한 거리를 걸어볼 수 있다는 부푼 기대감 때문에 한층 기쁘고 가슴 설레었다. 그런데 축구부 지도교사였던 나로서는 서울의 자야를 찾아갈 생각으로 가슴이 먼저 부풀었다. 그간 자야로부터 그 어떤 연락이나 메시지도 없었으나 분명 자신을 그리워하고 사랑하는 마음에는 변화가 없을 것이란 사실을 나는 확신하고 있었다. 축구부 학생들은 마지막 연습에 전력을 다해서 땀 흘려 공을 차고 기술을 연마했다. 나는 선수들에게 세기(細技)를 반복해서 지도하며 무엇보다도 출전 선수들이 주눅 들지 않고 당당한 자신감을 갖도록 몇 번이고 일렀다.

"출전해서 심리적으로 상대 팀을 먼저 압도하는 것이 필요해. 절대 기 싸움에서 밀리지 마."

나는 제자들에게 이런 부분을 강력히 당부했다.

드디어 떠나는 날이 다가왔다. 영생고보에서는 전교생이 운동장에 줄을 지어서 서울로 떠나는 축구부 선수들을 환송했다. 그들을 격려하는 함성을 뒤로 하고 나는 선수들과 함흥역으로 가는 자동차에 몸을 실었다.

서울에 도착해서 가장 먼저 한 일은 숙소를 찾아가 등록하는 것이었다. 그런 직후에 나는 대표학생을 불러서 말했다.

"나는 지인과의 급한 약속이 있으니 저녁 식사는 너희끼리 해."

나는 서울의 여러 권번을 뒤지며 수소문했다. 자야와 연락이 닿을 만한 기생들을 찾아서 소식도 물었다. 저녁 내내 뒤지고 수배를 했는데 마침내 자야의 소재지를 아는 기생을 만나게 되었다. 자야는 현재 청진동 골목의 어느 작은 한옥을 구입해서 거기에 거처하고 있다고 했다. 물론 저녁이면 권번에 나가 여창가곡을 부르거나 그녀의 장기인 궁중무용 춘앵전 춤을 추기도 했으리라. 나는 깊은 밤까지 자야의 집으로 들어가는 골목 입구에서 그녀가 돌아올 때까지 기다렸다. 가로등 불빛에 내 그림자가 골목 끝으로 길게 비쳤다. 잠시 빗방울이 떨어지다가 곧 그쳤지만 하늘은 여전히 무겁고 흐렸다. 자정이 가까워질 무렵, 인력거 한 대가 골목 입구에서 멈추었다. 누군가 했더니 자야가 거기서 내리고 있었다.

나는 달려가서 와락 껴안고 싶었지만 일단 감정을 최대한 억누른 뒤 말했다.

"나예요."

"어쩐 일인가요? 이 경성까지."

자야는 느닷없이 나타난 나에게 일부러 고개를 돌리고 말했다. 하지만 그렇게 말하는 표정이 결코 싫은 내색이 아니었고, 어떤 반가움이 서린 것을 알아챘다. 그것을 나는 순식간에 간파했다. 인력거꾼이 떠난 뒤 텅 빈 골목 가로등 아래에서 나는 자야를 품에 꼭 안았다. 그렇게 오래도록 서 있었다.

"내가 정말 잘못 했어요. 자야, 미안해."

"아니에요. 그런 말씀 마세요. 그게 당신 잘못은 아니잖아요."

"언젠가는 이렇게 나타나실 줄 알았지요."

자야는 냉랭했던 표정을 풀고 오히려 환한 미소까지 머금으며 오랫동안 보지 못한 애인의 가슴에 어린 새처럼 파고들었다. 이러한 두 사람 사이로 그 어떤 서먹함도 낯설고 어려운 기색도 끼어들 여지가 없었다. 그날부터 나는 청진동 자야의 한옥 안방에 틀어박혀 아예 바깥출입을 하지 않았다. 꿈결 같은 나날이었다. 하지만 두 사람 앞에 새로운 먹구름이 드리워져 있었으니 그것은 내가 서울을 아주 떠나고 싶은 마음에서 은밀하게 만주행을 준비해오고 있었다는 사실 때문이다.

언제부터인가 내 마음속에서는 만주로 떠나야 할 것 같은 어떤 필연성이 맴돌기 시작했다. 이 만주행에 나는 애인 자야를 동반하고 싶었다. 아니 내 뜻이라면 자야가 어떤 경우라도 결코 거절하지 않고 순순히 수용하고 따를 것이라 여겼다. 하지만 그것은 오산이었다.

나는 내 자신을 생각할 때 영생고보 학교 교사로서의 근무 태도는 완전 낙제점이었다. 왜냐하면 전국고보 축구 대항전에 출전한 선수단을 직접 그라운드에 나가 지도하거나 작전을 짜서 전달하지도 않고 서울의 애인 집에만 틀어박혀 있었기 때문이다. 예상한 바와 같이 영생고보 축구팀은 예선전에서 일찌감치 탈락하고 허탈한 표정으로 돌아갔다. 그런데 지도교사는 없고 학생들만 돌아왔다. 함흥의 학교에서는 난리가 났다.

교장 이하 긴급간부회의가 열려 나에 대한 책임 문제를 논의하기 시작했다. 모두 지도교사가 책임져야 한다고 주장했다. 근무 규율을 지키지 않고 이탈한 무책임에 대하여 사실상 파면 조치까지도 결정할 수 있는 엄중한 징벌의 성격이었다. 하지만 그동안 학교 내부에서의 내 인간관계나 인화력은 좋았다. 학생들에게도 비교적 유능한 교사였다. 이런 점을 참작해서 간부회의는 전근 조치로 결론을 내었다. 영생고보에서 영생여자고보로 옮기는, 같은 재단 내부에서의 인사이동이었다. 나는 서울 청진동 자야의 집에서 이 소식을 전해 듣고 오히려 홀가분한 마음이 들었다. 이제 직장을 그만둘 시점에 다다랐기 때문이다. 그 길로 빈 종이에다 사직서를 직접 써서 우편으로 영생고보 교장실로 부쳤다. 그게 깔끔하게 마무리하는 모습은 아니었지만 그것으로 그나마 표면적인 정리는 된 셈이었다. 영생고보에서는 동료 교사들이 난로 옆에 모여 서서 쑤군거렸다.

"맞아. 백석 선생은 처음부터 교사 체질이 아니었어. 그는 자유주의자이지."

"어디 묶이고 구속받는 걸 그렇게 싫어하는 사람이 어찌 그동안 칼 같은 출퇴근을 할 수 있었을까."

"일찍 잘 그만뒀어. 나도 진작 그만두고 싶었지만 때를 놓쳤지."

모두들 나의 사직을 두고 이러쿵저러쿵 한동안 말이 많았다고 한다. 그러나 시간이 흐를수록 그 일들도 차츰 잊혔다. 모든 것은 이렇게 흘러 지나가고 망각 속에 묻히게 마련이다.

　함흥의 영생고보에 사직서를 보낸 뒤로 한동안 공허한 마음에 시달렸다. 자야가 권번에 출근한 뒤로 나는 손깍지 베개를 하고 방바닥에 누워서 시를 쓰거나 이런저런 상념에 휩싸였다. 어느 날 자리에서 벌떡 일어나 조선일보를 찾아갔다. 옛 동료들을 만나 인사도 나누고 그간의 소식을 들으려는 목적이었다. 하지만 나를 보는 즉시 예전부터 낯익은 간부인 국장과 부장들은 날더러 다시 신문사로 나오라고 성화였다.

　"당신을 위해 이미 자리를 비워뒀지."

　"당신이 하던 일을 이어받을 사람이 아무도 없었어."

　"내일부터 당장 출근하시게."

　나는 그런 말들이 싫지 않았다. 한번 떠난 직장에 다시 나간다는 것이 말처럼 쉬운 일은 아니지만 마치 얼마간 휴가를 다녀온 뒤에 출근하는 심정으로 나는 아침마다 조선일보사를 향해 스스럼없이 걸어갔다. 1939년 1월이었다. 당시 나의 서울 주소는 경성부외(京城府外) 서독도리(西纛島里) 656번지였다. 자야의 청진동 집을 나와서 작은 방 하나를 얻었다. 한강이 가까운 곳으로 짐작되지만 현재의 어느 곳인지 알 수 없다. 그해 3월부터 나는 창간된 잡지 〈여성〉의 편집 기자로 활동했다. 막상 예전 일터에 다시 나가긴 했지만 사는 것이 그다지 즐겁지는 않았다.

1939년의 시대 상황은 점점 미궁 속으로 빠져드는 것이 체감되는 분위기였다. 그해 여름은 엄청나게 더웠다. 섭씨 34도가 넘는 폭염이 무려 47일간이나 계속되어 사람들은 지칠 대로 지쳐 있었고, 얼굴 표정에서는 짜증이 묻어 있었다. 신문에서는 연일 '최악의 폭염' 어쩌구 하는 기사를 실었다. 냉장고도 에어컨도 없던 시절이라 그 고통은 이루 형언할 길이 없다. 이런 때에 전쟁을 치르는 일제는 조선징발령(朝鮮徵發令)을 이미 공표했었고, 그 구체적 세칙까지 정리해서 발표했다. 식민지 조선에서 인력과 물자를 수탈하는 행위가 아예 노골적으로 시작된 것이다. 3월 14일에는 서울에서 친일문학인들로 구성된 황군위문작가단이 발족했다. 정신이 썩어빠지고 몽매한 문학인들이 만주와 중국에서 싸우는 최전방 일본군 부대를 직접 방문해서 위문품을 전달하고 격려한다는 취지였다. 그 활동을 위해 홍보하고 다니는 꼴들이 가관이었다. 나는 그들의 모습이 보이지 않는 곳으로 떠나고 싶었다. 만주가 하나의 대안이었다.

2차 세계대전은 점점 본격화되었고, 일본군이 중국의 남쪽 하이난(海南)을 점령했다는 기사가 보도되었다. 미국에 대한 증오심을 점점 강화하면서 전국의 고보와 전문학교 입학시험에서 영어 과목을 아예 없애버렸다. 맹목적 적개심은 점차 강화되었다. 8월 16일에는 서울에 갑자기 공습경보가 울리며 긴장된 분위기 속에서 방공훈련이 시행되었다. 전쟁이 코앞으로 다가왔다는 실감이 들었다. 9월에는 국민징용령(國民徵用令)이 발동·시행되었다. 힘깨나 쓰는 사람은 모두 끌어다가 일본의 비행장 활주로 건설공사장이나 탄광, 군수공장 등지로 보냈다. 이처럼 뒤숭숭한 분위기의 서울이 나는 너무도 싫어졌다. 내 성격이 워낙 까다로워서 조금이라도 마음에 들지 않는 환경을 견디는 것을 몹시 힘들어했다. 나에게 병적인 결벽증이 있음을 나도 알고 있다. 신문사 발령을 정월에 받았으니 그 후 불과 몇 개월이나 다녔을까. 그럭저럭 10개월은 버텼던 것 같다.

그해 10월 21일, 나는 조선일보에 사직서를 제출하고 평안도 고향의 내륙 쪽으로 다녀올 생각으로 여행을 떠났다. 연작기행시인 '서행시초(西行詩抄)'는 이 시기에 써서 발표된 것이다. 「구장로(球場路)」, 「북신(北新)」, 「팔원(八院)」, 「월림장(月林場)」 등 4편이다. 구장(球場)은 평북 영변군 용산면의 마을 이름이다. 북신(北新)은 영변군 북신현면 일대를 가리킨다. 팔원(八院)은 영변군 팔원면이다. 월림장(月林場)은 영변군 북신현면 하행동에 있는 마을이다. 모든 곳이 평안북도 영변군 일대의 농촌 마을이다.

나는 이 궁벽한 산촌을 두루 다니며 들판에서 비를 온몸에 흠뻑 맞기도 하고, 젖은 몸으로 길가의 주막집으로 들어가 35도짜리 소주와 술국을 먹는다. 그 술국은 시래기에 소피, 즉 선지를 넣고 끓인, 한국 고유의 전통적 음식이다. 또 어느 국숫집에 들어가 메밀국수를 시켜놓고 마당에서 돼지를 잡는 광경, 돼지 수육을 메밀국수에 얹어서 먹는 평안도 농촌 사람들을 물끄러미 지켜본다. 옛 고구려 시절 소수림왕이나 광개토왕 때에도 이곳 주민들은 그렇게 살았을 것이라는 생각까지 하고 있다.

또 어느 날은 산골의 여인숙에서 하룻밤을 보내고 이른 아침 묘향산으로 떠나는 승합차에 오른다. 그때 손등이 거북등처럼 갈라진 어린 소녀 하나가 울고 있는 모습을 지켜보았다. 창밖에는 그 소녀를 배웅하는 사람들이 서서 뭐라고 지껄인다. 옆에서 내가 지켜보는데 그 소녀는 바깥 배웅 나온 사람들 집에서 험한 일을 하던 식모나 아이보개로 있었던 것으로 짐작된다. 내 마음속에서는 삽시에 어떤 가련함과 측은함으로 젖어온다. 월림장에는 마침 장날을 맞아 장을 보러온 사람들이 몰려든다. 나는 흥미를 갖고 여기저기 둘러본다. 멀지 않은 곳에서 꿩이 울고, 산돼지, 너구리 가죽, 개암, 귀리, 도토리묵, 도토리범벅, 강냉이로 빚은 엿, 기장쌀로 만든 떡과 찰밥, 감주, 호박죽 등이 좌판 혹은 탁자에 올려져 있는 광경을 둘러본다.

이처럼 내 호기심은 끝이 없다. 모든 시인은 다 그런 것일까. 잠시라도 무언가 새로운 것을 봐야 하고 끝까지 경험하고 싶은 충동을 느낀다. 그렇게 두어 달을 직장도 없이 실업자 상태로 여기저기를 돌아다니다가 1940년 1월에 휑하니 바람처럼 만주로 떠났다. 내 소매를 잡으며 나를 만류하는 사람이 아무도 없었다.

이별 연습

어느 날 저녁 나는 청진동 집으로 들어서면서 큰 소리로 외쳤다.

"여보, 자야! 내가 사실은 그간 당신 모르게 준비해온 게 있었어."

"그게 뭐예요?"

"우리 번잡한 서울을 떠나 만주 신징으로 갑시다. 거긴 어떠한 속박도 구속도 없고, 우리를 귀찮게 하는 편견도 없을 겁니다."

"진작 준비해왔는데 그쪽에서 속히 오라는 전갈이 왔어요."

자야는 이 말을 듣는 순간, 응답이 없이 그냥 눈을 감았다. 어찌 두 사람의 삶에 대한 이처럼 중차대한 문제를 아무런 상의조차 없이 다만 혼자 궁리하고 일방적으로 추진해왔다는 말인가. 그것은 믿었던 사람에 대한 실망감이기도 하고, 낭패감이기도 했다. 그 무엇보다도 자야는 만주가 달갑지 않은 것 같았다.

자야는 이미 여러 해전에 압록강 건너의 안동고녀에서 학창 생활을 하기 위해 만주에서 몇 달간 머물은 적이 있다. 겨울에 너무나도 춥고 눈이 무서울 정도로 내린 것과, 주민들의 반감이나 싸늘한 인심도 자야에겐 냉혹한 기억으로 남아 있다. 그렇게 만주에서 고독감에 치를 떨다가 일본으로 유학을 떠나지 않았던가. 내가 그런 만주를 또 가자고 하니 마음속 깊은 곳에서 알 수 없는 거부감 같은 것이 치밀어 올랐던 것 같았다. 자야는 다른 곳이라면 몰라도 만주는 달갑지 않았다. 게다가 자기에게 어떤 사전 동의도 없이 나 혼자 추진해서 함께 만주를 가자고 하니 몹시 당황한 듯했다. 그래도 나는 눈치도 없이 자야가 내 말에 반색할 줄 알았다. 그런데 뜻밖에도 그녀는 달갑지 않은 표정을 지으며 고개를 외면하는 것이 아닌가.

"왜 그래? 내가 당신에게 그간 일을 의논하지 않았다고 화가 난 거야? 일이 잘 안될 수도 있어서 모두 결정된 다음에 말해주려고 일부러 참은 거지."

나에게는 민망스러운 때 무조건 상대를 덥석 껴안는 버릇이 있었다. 만주로 떠나는 문제는 결코 간단한 일이 아니었다. 고향의 부모님 슬하를 떠나게 되고, 서울의 친구들과도 작별하는 것이었다. 오랫동안 뿌리 박아오던 식물을 뿌리째 뽑아서 다른 곳으로 옮겨 심는 것과 같았다. 가만히 생각해보면 그간 내가 겪어온 여러 편견이나 나에 대한 잡소문, 게다가 식민지 사회의 어떤 무거운 질곡과 중압감에 지칠 대로 지쳐서 그걸 벗어나보려는 발버둥이었는지도 모른다. 부모님께서는 아들이 기생과 동거하고 있다는 소문을 듣고 속히 혼례를 올려 그런 일을 말리려는 뜻을 지니고 있었다. 그래서 아들을 만날 때마다 공연한 말씀을 중언부언하곤 하셨다.

자야는 내가 잠들었을 때 넋 나간 사람처럼 깊은 생각에 잠겼다. '저 사람과 함께 만주로 떠나게 된다면 얼마나 많은 사람이 우리 둘의 결행을 도피 행각이라 비웃을 것인가. 그리고 그러한 선택은 저 사람의 장래를 위해서도 결코 바람직한 것이 아닐 터이다.' 이런 마음 부근에서 주저하고 서성일 때 자야의 결심은 이미 굳어졌다. 그것은 결코 만주로 따라가지 않을 것이라는 다짐이다. 그러나 이런 마음을 내색할 수 없었다. 애인이 실망하고 좌절하는 모습을 면전에서 참고 볼 수 없었던 것이다. 그런 결심을 굳게 한 다음에 자야의 선택은 내가 전혀 찾아낼 수 없는 어딘가로 몰래 숨어버리는 것이었다.

하지만 나는 자야가 사라진 지 두어 달 만에 그녀가 숨은 거처를 용케도 찾아내었다. 그 후로도 자야는 몇 번이나 숨었고, 나는 숨은 곳을 다시 찾아내는 기막힌 숨바꼭질이 여러 차례 이어졌다. 만나면 반가운 마음이 왈칵 치밀어 오르지만 또 다른 한편으로는 이미 서로의 운명적 경로가 점점 엇갈리고 있다는 야릇한 서먹함이 감도는 것도 사실이었다. 자야는 그저 나를 피해서 숨으려 했다. 서로 만나는 것이 몹시 거북하고 힘든 기색이었다. 서로 마주 앉아 어떤 말도 이어가기를 두려워했다. 말이 말을 낳고 또 그 말 때문에 소란이 발생하게 되는 법이다.

자야는 내가 어떤 말을 해도 곧이곧대로 들으려 하지 않았다. 나의 진정한 마음을 전할 방도가 없었다. 어떤 소통도 연결도 끊어지게 되니 그네 너무도 갑갑했다. 눈빛만 슬쩍 보고도 서로의 마음을 환히 꿰뚫던 시절이 있었건만 이제는 왜 이토록 서로가 기피하고 만남을 두려워하는 처지에 이르렀는가. 나는 자야와 마주 앉아 이런저런 이야기를 나누며 마음을 연결하고 싶었다. 하지만 그녀는 모든 창구를 단단히 닫아걸고 있었다. 그런 상태가 오래 지속되니 나도 점점 할 말을 잃어갔다. 그녀가 소통을 거부하는데 내가 자꾸만 애가 타서 연결을 바랄 수는 없는 법이다. 『고금가곡(古今歌曲)』에 나오는 옛 시조에 이런 대목이 있다.

"귀먹은 소경이 되어 산중에 들었으니
듣는 말 없거든 볼일인들 있을 손가
입이야 성하다마는 무슨 말을 하리오"

만주의 신징(新京)이라는 곳

만주(滿洲)는 중국의 동북 지방 일대를 일컫는 말이다.

일제는 중국 전체를 차지할 욕망의 첫 단계로 1932년 만주 일대로 진출해서 허수아비 정권을 세웠다. 우리는 그것을 만주국이라고 일컫는다. 겉으로는 만주국이라 명명했지만 실제로 만주국의 뼈대를 세운 주체는 일본 관동군이다. 그들은 일본인, 조선인을 대거 이주시켜 해당 지역의 토지와 공직을 모두 차지하게 한 것은 물론 치안까지도 모두 장악했다. 일본인들은 그 지역의 중국인과 만주인들을 피지배 민족으로 거느리면서 강압적으로 통치했다. 처음에는 일본 군벌들을 중심으로 만주 지역에 식민 통치 기구를 설립하려 했으나 그게 현실적으로 불가능하게 되자 제국의 수립을 명분으로 내세웠다. 하지만 그것의 실질적 체계나 성격은 일본의 지배전략을 고스란히 수용하고 일방적으로 따르는 또 다른 식민 통치의 한 방식이자 괴뢰정부의 출현이었다.

일본의 군벌들이 조작하여 내세운 왕도정치의 이념을 선전하려고 광분한 방식의 하나로 '왕도낙토(王道樂土) 건설'이라는 허울 좋은 명분을 내걸며 식민지 조선의 피지배 민중을 강제적으로 만주 일대로 내몰았다. 그 때문에 1908년 무렵의 만주 인구가 1,580만 명이었는데 1941년 초반에는 무려 5,000만 명으로 인구가 급속하게 증가했다. 만주국의 허와 실이 보여주는 진면목은 이러한 외형 속에서도 여실히 드러나고 있었다. 일본군의 예비역 장교나 하사관 출신들이 거대한 만주국의 치안·경비 분야의 주요 직책을 모두 독점했다.

그 하위조직으로 간도협조회 특별공작반, 간도특설대, 선무반, 신선대, 자위단 따위의 각종 특무 조직들이 구성되어 그들이 만주 일대에서 활동하던 항일독립군을 상시

토벌하는 활동을 펼쳤다. 6·25전쟁의 영웅으로 알려진 백선엽(白善燁, 1920~2020)이 바로 이 간도특설대 소속의 장교였다. 상당수의 한국인들이 만주국의 이 친일조직에 소속되어 토벌 활동을 적극적으로 전개했다는 기록들이 남아 있다. 하지만 식민지 조선에 비해 워낙 광대한 지역이라 경찰이나 헌병 통치의 짜임새나 규모에 있어서 현저히 허술한 면모를 보였다. 이러한 여건 속에서 만주국으로 옮겨가서 살아가는 한국인들은 식민지 조선에서 거주할 때보다 훨씬 더 자유롭게 살아갈 수가 있었던 것으로 보인다.

일찍부터 만주국에 가서 삶의 터전을 잡고 살아간 문인들로는 시인 박팔양, 김조규, 평론가 이갑기, 소설가 염상섭, 안수길, 송지영 등을 들 수 있다. 언론인 홍양명도 있다. 1942년 10월 만주의 간도 예문당에서 발간된 시집 『재만조선시인집』에 작품을 수록하고 있는 13명의 시인도 그러한 부류에 속한다. 김달진(金達鎭), 김북원(金北原), 김조규, 남승경(南勝景), 이수형(李琇馨), 이학성(李鶴城), 이호남(李豪男), 손소희(孫素熙), 송철리(宋鐵利),

유치환(柳致環), 조학래(趙鶴來), 천청송(千靑松), 함형수(咸亨洙) 등이 그 주인공이다. 사실 이 시선집의 발간 취지는 서문에도 나와 있지만 '만주국 건국 10주년을 경축하고 대동아신질서문화건설(大東亞新秩序文化建設)에 참여하기 위한' 것이었다. 암울한 시대의 한 그늘이 드리워져 있음을 확인하게 된다.

한편 만선일보(滿鮮日報)라는 신문의 발간은 순전히 만주국의 통치이념을 충실히 반영하는 것이 1차적 목표였다. 만선일보는 만주 일대에 20세기 초반부터 있었던 한국어 신문인 만주일보, 일본어 신문 간도신보의 한국어판, 만선신보, 간도일보 등의 역량을 통합한 만몽일보(滿蒙日報)를 창간했다. 이 모든 배경에 일제가 작용했음은 물론이다. 이 신문이 1937년 대표성을 띤 제호인 만선일보로 바꾸어 출범하게 된 것이다. 조간 8면으로 발행된 이 신문의 주요 간부로 활동했던 문인은 주필 염상섭, 편집인 박팔양(朴八陽, 1905~1988) 등이다. 표면에 내세운 창간 목표는 '민족협회 정신을 고무하고 재만 조선계의 국민적 자각을 강화하며 조선계의 황민화 촉진에 적극적인 참획(參劃)'이었다. 말하자면 만주국의 통치 이념에 대한 적극적인 부응을 내세운 친일 신문이었던 것이다.

식민지 조선에서 조선일보 외신부장을 지낸 홍양명(洪陽明, 1906~?)이 전임이었던 염상섭의 뒤를 이어받아 편집국장을 맡았고 박팔양, 송지영(宋志英, 1916~1989), 안수길(安壽吉, 1911~1977), 이갑기(李甲基) 등이 기자로 활동하였다. 이들이 나에게는 만주 신징으로 가서 심신을 의탁할 보루였음은 말할 나위도 없다. 특히 만선일보의 기자로 재직하던 박팔양과 이갑기, 송지영, 안수길 등과 특별한 친분을 나누었다. 내가 만주 신징 생활을 할 때 첫 번째 거주지는 신징의 동삼마로(東三馬路) 35번지에 있던 시영주택이었다. 그 집에서 황씨 성을 가진 동포가 하숙을 치고 있었는데 나보다 먼저 신징에 정착한 이갑기가 그 집에서 살고 있었다. 하숙집의 주인은 만주국 특허국장을 지낸 황재락(黃在洛)으로 기억된다. 그 집 아들인 황종률(黃鍾律)은 방응모 장학생으로 뽑혀 일본 유학을 함께 떠났던 친구다. 이런 여러 인연으로 나는 그 하숙집으로 들어가게 되었다.

한편 대구 출신의 이갑기는 1920년대 카프계 그룹에서 비평 활동을 하던 인물로 일찍부터 만주로 거처를 옮겼다. 그가 나에게 신징은 하숙집 구하기가 쉽지 않으니 당분간 좋은 집을 구할 때까지 자기 하숙방을 같이 쓰자고 제의해서 우선 불편한 동거를 하게 되었다. 당시 신징에서 우리 동포들이 밀집 거주하던 지역은 매지정(梅枝町)과 조일통(朝日通)이다. 내가 살았던 동삼마로는 그곳과 가까웠다. 하지만 하숙은 진입하기가 매우 협소하고 불편했다. 주거가 주는 불편이 매우 괴롭고 견디기 어려웠다. 그는 누군가의 추천으로 신징으로 옮겨왔고 만선일보 기자로 활동했다. 그림 재주도 있어서 만선일보에 발표되는 시작품이나 기타 작품의 여러 삽화를 직접 그리기도 했다.

이갑기는 '초형(楚荊)'이란 필명으로 만선일보에 1940년 4월 16일부터 「심가기(尋家記)」란 산문을 모두 4회 연재했다. 내용은 무슨 특별한 게 아니라 마음에 맞는 살 곳을 찾아 신징의 여기저기를 헤매고 다닌다는 이야기다. 신징이라는 곳이 아주 광대한 곳이지만 정작 살고 있는 하숙집은 어찌 그리고 협소하고 불편한지 그 환경에 대해 글 속에서 줄곧 투덜거리고 있다. 그러다가 이갑기와 나는 결국 하숙집을 관성자(寬城子) 쪽에서 구해보기로 합의한다. 별것 아닌 내용이지만 이갑기의 글에서는 나의 만주 신징 초기 정착 과정을 엿볼 수 있긴 하다. 내 성격이 꽤 까다롭고 결벽증까지 있는 편이었는데 어찌 다른 사람과 함께 같은 방을 오래 쓸 수 있었던지 내가 생각해도 이해할 수 없다. 그 불결한 느낌의 만주 하숙방에서 어찌 참고 견딜 수 있었던지. 아무튼 이곳에서 힘들게 견디다가 나는 마침내 이곳보다 환경이 좀 더 나은 관성자 지역의 하숙으로 거처를 옮기었다.

나의 만주 생활에 이런저런 도움을 준 사람은 지난 번 하숙집의 주인 아들인 황종률이다. 그는 만주국 경제부의 참사관으로 일을 하고 있으면서 내가 만주에 정착하는 일에 여러 모로 관심을 갖고 도왔다. 그의 주선과 안내로 1940년 3월부터 만주국 국무원 경제부에서 잠시 일을 했다. 만주국 정부 청사에는 황종률도 있었지만 윤치호(尹致昊, 1866~1945)의 조카 윤 아무개가 자료과장으로 재직하고 있어서 나에게 많은 도움을 주었다.

그때 내가 맡은 업무는 주로 만주국 정부에 접수되거나 새로 발송하는 공문서의 영문 번역이었다. 정식 공무원은 아니었고, 임시로 업무를 맡아서 보는 촉탁(囑託)이다. 이 일을 경제부에 드나들며 6개월가량 했던 것으로 기억된다. 월급도 괜찮은 편이었다. 나는 새로 옮길 좋은 하숙집이 있는지 이곳저곳 찾아다니느라 신징 근교의 러시아인 마을을 일부러 다녀보기도 했다. 만선일보의 편집국장인 홍양명(洪陽明)도 일부러 내 원고료 수입을 생각하고 청탁을 자주 했다.

나는 만선일보 지면에 번역소설을 여러 편 실었다. 「훗새벽」을 연재하고, 「조선인과 요설」, 「슬픔과 진실」 등의 산문까지 여러 편 실을 수 있었던 것은 순전히 홍양명의 배려 덕분이다. 이후 나는 신징 근교의 병원인 국도의원 원장 댁에서 잠시 기거하기도 했다. 원장은 다름 아닌 오산고보 시절의 동기생인 김승엽(金承燁)이었다. 그가 신징까지 와서 병원을 개업하고 있다는 사실을 뒤늦게 알았지만, 우리 두 사람의 친분관계는 특별했다. 내 거처가 불안정하다는 이야기를 듣고 작가 송지영이 자기 하숙집으로 오라고 해서 거기 들어가 얼마간 함께 지내기도 했다.

하루는 송지영이 신문사 출장으로 서울을 다녀오게 되었을 때 자야와 연락되어 어느 찻집에서 만났다. 자야는 보자기에 싼 물건 하나를 송지영에게 건네면서 나에게 전해주라고 했다는 것이다. 그것은 자야가 신징의 나에게 보내는 겨울 두루마기 선물이었다. 만주에 함께 따라가지 못한 죄책감을 그렇게 두루마기 선물로 대신하려는 뜻이 담겨 있는지도 몰랐다. 온갖 감회가 가슴 저 밑바닥에서 치밀어 올랐지만 나는 송지영이 자야로부터 받아온 두루마기를 그해 겨울 신징에서 늘 즐겨 입고 다녔다.

그 무렵 당시 나의 신징 생활은 불안정했다. 어디 한 군데 거처를 정하고 오래도록 살아가는 것이 아니라 여기저기 떠돌이처럼 방황하고 다니는 부유적(浮遊的) 삶을 영위하고 있었다. 이 시기에 나는 그간 틈틈이 해오던 번역 작업을 탈고하고 그것을 단행본으로 발간하려는 뜻을 품었다. 그 목표는 일차적으로 영국의 작가 토마스 하디(Thomas Hardy, 1840~1928)의 장편소설 『테스』의 번역본이다. 하숙집 골방에 틀어박혀 여러 달 동안 집중적으로 번역했고, 몇 달 만에 드디어 완성되었다. 나는 원고를 조선일보에서 발간하던 잡지 〈조광〉지로 보내었는데 곧장 발간하자는 내용의 편지가 왔다. 그 몇 달 뒤에 아담한 단행본으로 출간되었다는 연락이 왔고 서울을 한번 다녀가라는 소식도 받았다. 그래서 서울 소식도 궁금하던 차에 한 차례 둘러볼 겸 열차 편으로 신징을 떠났다. 만주에서 남행열차로 내려갈 때 심정이 야릇했다. '나는 무엇 때문에 이리도 바쁘게 세상을 쏘다니는가.' 하는 생각이 들었다.

서울에서는 조선일보에만 잠시 들러서 발간된 책을 살펴보고 관계자들에게 감사 인사를 했다. 그날 저녁 옛 동료 몇 사람을 만나고 자야는 일부러 찾지 않았다. 그냥 조용히 서울을 다녀갈 생각이었다. 장편소설『테스』의 번역본은 아담한 장정으로 소담스럽게 한 권의 책으로 발간되었다. 저술가의 처지에서는 책이 발간되고 그 완성된 책을 손바닥에 얹어 쓰다듬는 기쁨이 이루 형언할 길 없다. 나는 머나먼 만주 신징에서 내가 번역한 책을 보러 그 먼

길을 달려온 것이다.

다시 신징으로 돌아간 뒤 나는 그때까지 전혀 가보지
않은 북만주의 산간 오지를 두루 찾아다니는 여행을 하
고 싶어졌다. 지급받은 약간의 번역고료가 수중에 있었
기 때문이다. 나의 시 「북방에서」의 한 대목에 등장하는
오로촌과 솔론족의 마을도 가기가 무척 힘든 곳이지만 그
때 일부러 찾아갔던 곳이다. 나는 그 무렵 우리 민족의 기
원과 뿌리가 무척 궁금했었다. 그처럼 힘든 코스를 여행
하는 것이 여기저기 떠돌아 다니기를 좋아하는 내 역마살
체질에는 잘 맞았다. 부여, 숙신, 발해, 여진, 요나라, 금나
라, 흥안령, 음산, 아무르 등의 고대 북방계 기원과 내력에
대한 깊은 관심은 내 가슴속에서 펄펄 끓었다. 그 시기에
일본에도 잠시 다녀왔다.

아동문학가 마해송(馬海松, 1905~1966) 선생이 편지를
보내왔다. 〈모던일본〉이라는 잡지를 펴내는 회사에서
기자를 구하고 있는데 그 일을 감당할 적임자로 나를 추
천했다는 내용의 편지였다. 고마운 일이다. 면접도 볼 겸
일본으로 떠나는 관부연락선을 탔다. 유학 생활로 일본

을 다녀온 지 몇 해만이던가. 하지만 막상 가서 그곳 현황을 살펴보니 일본에서의 잡지사 기자 생활은 어쩐지 그리 내키지 않았다. 천천히 생각해보겠노라고 한 뒤 다시 신징으로 돌아왔다. 일본에서는 동포 작가인 김소운(金素雲, 1907~1981) 선생을 만났는데 그가 나의 시 한 편을 일본에 번역·소개하겠다며 청탁을 했다.

이 무렵에 나는 여러 편의 시를 썼는데 잡지 〈조광〉과 〈문장〉, 〈인문평론〉 등에 발표했다. 시 「목구(木具)」는 〈문장〉지에, 시 「수박씨 호박씨」는 〈인문평론〉지에, 시 「북방에서」는 〈문장〉지에 발표되었다. 같은 해 가을에는 시 「허준」도 선보였다. 이 작품은 내 가장 다정했던 친구 허준의 실명을 표제로 해서 풀어간 시로서 특별한 애착이 간다.

1941년으로 접어들며 나는 시를 여러 편 썼다. 시 「귀농(歸農)」(조광), 「국수」(문장), 「흰바람벽이 있어」(문장), 「촌에서 온 아이」(문장), 「조당(澡堂)에서」(인문평론), 「두보나 이백 같이」(인문평론) 등 모두 여섯 편이나 써서 잇달아 발표했다. 이런 작품들 속에는 당시 만주 시절의 내 모습과 동선(動線)이 어렴풋이 반영되기도 했다.

만선일보 1940년 5월 9일 자 문화면에는 시인 박팔양이 그 무렵에 발간했던 시집 『여수시초(麗水詩抄)』에 대하여 내가 쓴 독후감 하나가 실렸다. 그 글에서 나는 내가 평소 시와 시인을 어떻게 생각하고 있는가에 대한 속마음을 털어놓았다. 내 시론을 따로 발표한 적은 없지만 그렇게 단문으로나마 내 문학의 아포리즘을 슬며시 밝히는 일은 즐거웠다.

"높은 시름이 있고 높은 슬픔이 있는 혼은 복된 것이 아니겠습니까. 진실로 인생을 사랑하고 생명을 아끼는 마음이라면 어떻게 슬프고 시름차지 아니하겠습니까. 시인은 슬픈 사람입니다. 세상의 온갖 슬프지 않은 것에 슬퍼할 줄 아는 혼(魂)입니다. '외로운 것을 즐기는' 마음도 세상 더러운 속중(俗衆)을 보고 '친구여'하고 부르는 것도 '태양을 등진 거리를 다 떨어진 병정 구두를 끌고 지나가는' 마음도 다 슬픈 정신입니다. 이렇게 진실로 슬픈 정신에게야 속된 세상에 그득찬 근심과 수고가 그 무엇이겠습니까. 시인은 진실로 슬프고 근심스럽고 괴로운 탓에 이 가운데서 즐거움이 그 마음을 왕래하는 것입니다."
　　-산문 「슬픔과 진실」 부분

　이 글 속에서 내가 말하는 슬픔이란 단어에는 여러 가지 복합적 의미가 무르녹아 있다. 그것은 연민, 사랑, 포용, 공생공존, 관대, 자비, 박애 따위가 총체적으로 통합된 어떤 커다란 정신세계의 융합(融合)일지도 모른다. 이것은 내가 평소 지향해온 삶의 이상적 목표나 방향성이 들어있다. 나는 시인이라면 마땅히 이러한 '슬픈 정신'을 가져야 한다는 깊은 상징성으로 문장을 함축시켰다. 그 무렵 만선일보에서 여러 명이 참석하는 좌담회도 하나 열렸다. 일본인, 만주인 등의 여러 문화인의 좌담이었는데 막상 가서 들어보니 변변한 내용이 전혀 없었다. 나는 어떠한 코멘트도 하지 않고 끝까지 자리에 앉았었다. 하지만 단 한마디도 하지 않으면 불려온 의미가 없을 듯해서 그냥 어떤 단조로운 질문 하나만 던지고 그날의 내 역할을 마무리했다. 문화인이 만주국에 어떻게 협력할 것인가에 대한 모색이지만 나로서는 전혀 흥미의 대상이 아니었다. 내가 그런 일을 하기 위해 만주에 온 것은 아니지 않은가.

1942년으로 접어들면서 나는 압록강의 국경도시인 안동(현재 단동)의 일본 세관 직원으로 정복을 입고 잠시 근무했다. 어떻게 해서 내가 이런 업무를 보게 되었는지는 나 자신도 알지 못한다. 먹고 살기가 너무도 힘이 들어 그냥 닥치는 대로 일자리를 구했을 뿐이다. 지금 생각하면 창피한 느낌이 들기도 한다. 이 시절에 함흥 영생고보의 제자였던 김희모가 하얼빈의과대학에 진학해서 다니던 중 여름방학이 되어 고향으로 돌아갈 때 안동을 지나다가 나를 만나러 왔다. 나는 그를 데리고 내 살림집까지 가서 점심을 대접했다. 아내가 말없이 밥상을 차려주었다.

문학수는 평양 부잣집의 아들로 태어나 아쉬움이 없는 사람으로 나의 오산학교 후배다. 서해안에 있는 그의 별장으로 초대되어 여러 날을 묵은 적이 있다. 그때 문학수는 자신의 작품을 데생한 책자를 보여주면서 시간을 함께 보냈다. 그 사생첩(寫生帖) 속에는 내가 어린 시절에 보고 듣고 겪었던 추억의 장면들이 많이 담겨져 있었다. 그의 사생첩을 바탕으로 내가 한 편의 소설을 쓰기도 했다. 나는 그 글 속에서 우리 둘의 관계 및 우정 어린 만남들을, 평안도 말을 그대로 쓰면서, 마치 시집『사슴』의 분위기로 풀어나갔다. 사람들은 이 글을 읽고 내 시의 뿌리와 발생을 짐작하게 하는 생생한 시어들이 고스란히 등장하고 있다며 즐거워했다. 그 문학수가 자신의 여동생과 혼인해 줄 것을 강력히 권유했다. 그래야 처남·매제 사이로 더욱 자주 만날 수가 있다고 했다. 그 말이 고맙고 흐뭇해서 나는 그의 말을 그대로 받아들였다.

나는 결국 1941년 2월에 평양의 어느 요릿집에서 문경옥과 혼례를 올렸다. 이 결혼에 대해서는 내 부모님도 무척 반가워하셨다. 왜냐하면 처가는 평양의 소문난 부잣집인데다 신붓감의 용모도 상당히 반듯해서 부족함이 없었기 때문이다. 결혼식은 성대하게 열렸다. 그것이 말하자면 나의 실질적 결혼이었던 셈이다. 통영 처녀 박경련에 반해 혼자 몸이 달았던 기억들, 또 기생 자야와의 사랑은 20대 청년 시절의 뜨겁고 달콤하고 아프고 쓰라린 파노라마로 가슴속 저 깊은 곳에 깊이 묻혔다.

문경옥은 피아노를 전공한 피아니스트였지만 나와 혼인한 뒤로는 연주 활동을 아예 접었다. 혼인 몇 달 뒤에 문경옥이 아기를 가졌으나 어쩐 일인지 유산되고 말았다. 우리 부부는 크나큰 슬픔에 잠겼다. 이 사실을 알게 된 우리 어머니가 며느리를 심하게 책망했다. 어렵게 아기를 가졌으면 몸놀림을 극히 조심해서 출산에 이르도록 했어야지 어찌 경솔하게 유산이 되게 했느냐고 반복해서 잔소리를 했다. 문경옥은 이러한 간섭과 원망을 끔찍이도 듣기 싫어했고, 마침내 두 사람은 큰 소리로 다투기까지 했다. 이 일로 몹시 충격과 분노를 느낀 문경옥은 보따리를 싸서 친정으로 돌아가고 말았다. 그리하여 그녀와의 결혼 생활은 1년 만에 어이없이 끝나고 말았다. 한참 뒤의 이야기지만 나와 헤어진 문경옥은 나중에 북조선에서 명성 높은 피아노 연주자로 이름이 널리 알려졌을 뿐만 아니라 평양음악대학의 교수까지 되었다. 물론 새로운 남편을 만나 가정도 꾸렸다. 이런 회고를 하게 되면 내 마음이 편하지 않다. 살다 보면 온갖 일을 다 겪는다.

다시 당시로 돌아가 본다. 불안정한 시간을 보내다가

일본의 유명한 출판사인 왕문사(旺文社)의 편집사원 구인 공고를 보았다. 나는 곧바로 일본으로 건너가 면접을 보았고 좋은 성적을 받아서 채용되었다. 하지만 그곳도 근무규정이 워낙 까다로워서 곧 그만둘 수밖에 없었다. 월급도 예상 외로 너무 적은 편이었다. 도쿄에서 기본생계를 이어나가기가 어려울 지경이었다. 결국 왕문사와는 인연이 닿지 않은 것이다. 직장을 그만두고 돌아오기 전에 예전 유학 시절의 익숙한 장소인 아오야마가쿠인 캠퍼스를 둘러보고 싶었다. 얼굴이 낯익은 스승들과 지인들은 전혀 보이지 않았다. 나는 서울을 그냥 통과해서 곧장 만주로 돌아왔다. 하지만 그곳에는 기다리는 이도 없었고, 마땅히 소속된 일터가 있는 것도 아니었다. 내 마음은 또 뜬구름처럼 흘러 다니며 근원적 슬픔과 고독감, 방랑벽에 사로잡혔다.

돌이켜 보면 내가 만주에서 살았던 세월은 직장도 거주도 그 모든 것이 대체로 불안정한 시간이었던 것 같다. 만주로 떠나기 전 서울에서의 순탄하지 않았던 삶은 만주 신징으로 옮겨가서도 별반 달라지지 않았다. 언제나 물

풀처럼 이리저리 떠도는 표랑(漂浪)의 삶을 살면서 끊임없는 방황하며 1945년 해방을 맞이했다.

해방된 고향

　나의 삶에서 1945년 8월의 해방은 어떤 의미로 다가왔을까. 속박과 질곡으로 꽁꽁 묶여서 몹시 답답하고 부자유 속의 시간이 해방 이전이었을 것이다. 그렇다면 만주 시절 나의 삶은 속박과 질곡에 놓인 상태였던가. 만주로 떠나기 전 서울에서의 틀에 박힌 시간들에 비하면 그 갑갑함이 한결 해소되었을 것으로 보인다. 여기저기 가고 싶은 곳으로 언제든 훌쩍 떠났다가 돌아올 수도 있었지만 경제적 궁핍과 독신으로서의 고독감 때문에 늘 적막과 공허함이 마음속을 가득 채웠을 것이다.

　그 시절에 내가 쓴 작품이지만 언제 다시 읽어도 눈물이 핑 고이는 시인 「남신의주 유동 박시봉방」을 다시 읽어

본다. 이 작품에서 독자들은 내가 겪은 쓸쓸함이나 비극
적 페이소스를 자신들도 그대로 맛본다. 왜냐하면 인생
이란 누구에게나 고독과 고통, 적막감의 연속이기 때문
이다. 그래서 이 작품에 담긴 내 절대고독의 심정에 독자
들은 뼈저리게 동참하는지도 모른다.

　"어느 사이에 나는 아내도 없고 또

　아내와 같이 살던 집도 없어지고

　그리고 살뜰한 부모며 동생들과도 멀리 떨어져서

　그 어느 바람 세인 쓸쓸한 거리 끝에 헤미이었다

　바로 날도 저물어서

　바람은 더욱 세게 불고 추위는 점점 더해 오는데

　나는 어느 목수네 집 헌 삿을 깐

　한 방에 들어서 쥔을 붙이었다

　이리하여 나는 이 습내 나는 춥고, 느긋한 방에서

　낮이나 밤이나 나는 나 혼자도 너무 많은 것같이 생각
하며,

　딜옹배기에 북덕불이라도 담겨 오면

　이것을 안고 손을 쬐며 재 위에 뜻 없이 글자를 쓰기

도 하며,

　또 문 밖에 나가지도 않구 자리에 누워서

　머리에 손깍지 베개를 하고 굴기도 하면서

　나는 내 슬픔이며 어리석음이며를 소처럼 연하여 새김질하는 것이었다

　내 가슴이 꽉 메어 올 적이며

　내 눈에 뜨거운 것이 핑 괴일 적이며

　또 내 스스로 화끈 낯이 붉도록 부끄러울 적이며

　나는 내 슬픔과 어리석음에 눌리어 죽을 수밖에 없는 것을 느끼는 것이었다

　그러나 잠시 뒤에 나는 고개를 들어

　허연 문창을 바라보든가 또 눈을 떠서, 높은 천정을 처다보는 것인데,

　이때 나는 내 뜻이며 힘으로, 나를 이끌어 가는 것이 힘든 일인 것을 생각하고

　이것들보다 더 크고, 높은 것이 있어서, 나를 마음대로 굴려 가는 것을 생각하는 것인데

　이렇게 하여 여러 날이 지나는 동안에,

내 어지러운 마음에는 슬픔이며, 한탄이며, 가라앉을
것은 차츰 앙금이 되어 가라앉고,

외로운 생각만이 드는 때쯤 해서는

더러 나줏손에 쌀랑쌀랑 싸락눈이 와서 문창을 치기도
하는 때도 있는데

나는 이런 저녁에는 화로를 더욱 다가 끼며, 무릎을 꿇
어 보며

어느 먼 산 뒷옆에 바우섶에 따로 외로이 서서

어두워 오는데 하이야니 눈을 맞을, 그 마른 잎새에는

쌀랑쌀랑 소리도 나며 눈을 맞을

그 드물다는 굳고 정한 갈매나무라는 나무를 생각하는
것이었다"

　-시 「남신의주 유동 박시봉방」 전문

이 작품의 서두에 등장하는 아내는 떠나간 내 첫 아내
였던 문경옥이다. 그녀와 같이 살던 집은 압록강 건너 중
국 땅인 안동의 어느 골목 끝에 있었다. 안동에서의 신혼
생활은 행복하지 못했다. 서로의 감성이 다르고 생활습

관의 차이 때문에 다투는 일이 많았다. 아내는 한번 마음이 틀어지면 그것이 풀리기까지 오랜 시간이 걸렸다. 나는 그것을 참을 수 없었다. 우리는 서로 말이 없어지고 밥상을 차려놓아도 그저 묵묵히 밥만 먹고 자리를 떠나버렸다. 아내도 그녀 나름대로 삶의 재미를 잃어버린 듯하다.

어떻게 하면 이 감옥 같은 공간을 떠나버릴 수 있을지 그것만 궁리하는 듯했다. 그 답답한 시간 속에서 아기가 생겼지만 곧 유산되었고, 그 일로 시어머니와 며느리가 다투는 일까지 생겼다. 결국 나는 또 다시 외톨이가 되어버렸다. 아마도 내 팔자의 운명적 표상은 외톨이가 아닌가 한다. 그런데 그 아내도 떠나버리고 아내와 같이 살던 신혼집도 안개처럼 사라져버렸다. 마지막으로는 홀로 된 독신자의 처절한 고독감만 가슴속에 가득 채워져 있을 뿐이다.

안동에서 압록강 다리 하나만 건너면 신의주다. 그곳 남쪽에 있는 강변마을의 유동(柳洞)이라는 곳에 잠시 세를 얻어서 머물렀다. 집주인은 가난한 영세민으로 목수일을 다녔다. 어렵게 살면서도 문간방에 세 들어 사는 나를 늘 들여다보면서 어디 불편한 것이 없는지 묻곤 했다. 바깥 날씨가 몹시 추운 동짓달에는 화로에 집을 태운 재를 방안에 들이밀어 주었다. 나는 그해 겨울 내내 그 화로를 무릎 사이에 끼고 살았다. 함박눈이 펄펄 내리던 날, 바람에 방문이 왈칵 열렸을 때 온몸에 눈을 맞고 서 있는 마당귀의 갈매나무를 보았다. 갈매나무의 가녀린 가지들은 눈을 얹고 아래로 축 처진 채 묵묵히 드리워져 있었다. 이혼을 하여 홀로된 가난한 외톨이의 쓸쓸하고 서럽던 마음이 그 갈매나무를 보는 순간 눈 녹듯이 다 사라졌다. 신기한 일이었다. 이 시는 그날 그 심정을 그대로 적어 내려간 것이다.

우리 민족에게 1945년은 근대와 현대를 구분 짓는 분기점이기도 하다. 그만큼 그해에 일어난 일들은 엄청난 파장을 몰고 왔다. 8월 15일은 35년간의 일제 식민 통치와 그 압제를 벗어나는 해방의 날이었다. 하지만 충분한 준비를 제대로 갖추지 못한 상태에서 새로운 민족국가 건설의 과제를 둘러싸고 좌익과 우익의 이념 대립은 격화되었다. 갈등과 대립과 분리주의가 득세해가는 시기였다.

한국인은 오랜 식민지 압제에서 벗어났으나 국제사회에서 우리가 해방의 주체라는 사실을 제대로 인정받지 못했다. 우리가 아닌 타자의 기획과 의도에 의해 북위 38도선이 경계선으로 지정되고 미군과 소련군에 의해 3년 동안 분할 통치되었다.

식민 통치에서 벗어났지만 또 다른 이민족으로부터 식민 통치를 받는 듯한 양상이 전개되었다. 그것은 우리가 그야말로 주체적 역량으로 이룩한 독립이 아니었으므로 외세에 의한 간섭과 관리를 계속 받을 수밖에 없는 딱한 형편이었던 것이다. 이에 따라 1948년에는 남쪽은 남쪽대로 북쪽은 북쪽대로 제각기 사상과 이념을 달리하는 정부를 수립했다. 그것이 남쪽의 대한민국, 북쪽의 조선민주주의인민공화국이란 이름으로 출발한 분단체제의 반쪽 정부였다. 남쪽에는 미군의 절대적 지원과 보호를 받는 이승만 자유당 정부, 북쪽에는 소련의 비호를 받는 김일성 공산당 정권이 들어서서 무섭게 대립하고 서로 원한의 칼날을 겨누어 긴장감이 조성되었다.

이러한 대결과 긴장은 1950년 6월 25일 기어이 동족상

쟁의 피비린내 나는 살육전으로 이어져서 엄청난 파괴, 살상, 상처를 겪고 말았다. 참으로 회복할 수 없는 고통과 아픔을 겪었을 뿐만 아니라 분단체제는 한층 고착화되었고, 남북관계는 경색 국면으로 접어들었다. 정치, 경제, 문화, 사회 등 모든 분야에서 남과 북은 서로 인정하지 않고 극단적으로 대결하며 부정하는 공포 분위기 속에서 이질적이고 기형적인 문화 풍토를 조성하기에 이르렀다. 남한과 북한 각 지역에 거주하던 문화예술인들은 생존을 위해 체제의 이념이나 가치관을 수용하고 영합하지 않으면 안 되었다. 좌파 이념을 신봉하던 문인들은 전쟁이 발발하기 직전에 대거 북으로 넘어갔고, 북쪽의 이념을 거부하고 불편해하던 예술인들은 남쪽으로 이동해왔다. 말하자면 문학사의 기형적 분단이 시작된 것이다.

이런 풍토와 여건 속에서 나는 어떤 경로를 밟아갔던 것인가.

해방이 되자마자 나는 만주 생활을 즉시 청산하고 고향인 정주로 돌아왔다. 살림이랄 것도 없고 그저 책 몇 권에 불과한 빈약한 살림이라 이사하기가 편했다. 나는 정주 부근에 사는 친지의 과수원에서 원정(園丁)으로 일하고 휴식하면서 잠시 관망기를 가졌다. 그 얼마 뒤 평양으로 거처를 옮기고 대동강 기슭의 울타리가 돌담으로 된 어느 작은 집에서 혼자 살았다. 하지만 북한 문단 초창기의 경직된 분위기에 전혀 동화되지 못했다. 작가 최명익 등과 간혹 만나면서 시대의 급격한 변화와 경직성을 우려하기도 했다. 이러한 시기에 나는 1946년부터 고당 조만식 선생의 통역 비서로 일하게 되었다. 고당 선생은 오산학교 시절의 은사이면서 언제나 존경하는 민족 지도자였다. 그분은 하숙을 치던 우리 집에서 몇 달 살기도 하셨기에 우리 가족들과도 친분이 두터웠다.

고당 선생은 해방 직후 몽양 여운형 등과 더불어 건국준비위원회(약칭 건준)의 결성을 주도했다. 이러한 그분의 활동은 평양 시민들로부터 뜨거운 지지를 받았다. 북한의 또 다른 민족지도자였던 현준혁과 좌우 협력관계를 잘 유지하면서 북한 지역의 정치적 혼란에 대응해나갔다. 하지만 새로운 세력으로 등장한 공산당을 경계하면서 그들의 신뢰성을 확인하려 하였다. 1945년 10월 7일 고당 선생은 '북조선 5도 임시인민위원회'란 조직의 위원장으로 추대된다. 그러나 모든 활동의 전면에 있어서 소련 군정 세력 및 김일성 세력과는 수용과 배합이 이루어지지 않고, 그들의 방법이나 노선과도 배치되는 일이 많았다.

고당 선생은 남과 북의 정부가 상호 대립적 노선을 주장할 것이 아니라 함께 만나 조화와 통합을 모색해야 한다는 점을 강조하였다. 뿐만 아니라 민족 주체 세력으로 구성된 중앙정부를 신속하게 수립해서 한반도에 주둔하고 있는 외국 군대가 빠른 시간 안에 제각기 철수하도록 해야 한다는 주장을 펼쳤다. 이러한 주장은 결국 북한에서 소련 군정의 의심과 불신을 초래하기에 이르렀다.

김일성은 틈날 때마다 고당 선생에게 공산당을 도와서 새로운 체제를 건설하자는 제의를 했으나 선생은 확실한 응답을 하지 않았다. 조선민주당 창당은 이러한 대안의 구체적 실천으로 고당 선생이 내세운 구체적 방안이었다. 1945년 11월 3일, 조선민주당을 창당한 고당 선생은 당수로 취임하였다. 북한의 개신교 세력들과 자본가그룹의 절대적 지지를 받았다. 이런 방법과 노선은 결과적으로 소련 군정 및 김일성 세력과 노골적으로 대립할 수밖에 없었다. 강대국에 의한 신탁통치도 결연히 반대하게 되었다. 소련 군정과 김일성 공산 세력은 자신들의 노선과 배치되는 고당을 제거하기로 결정했다. 이를 위해 고당 선생을 일본 첩자로 규정하고 마침내 인민정치위원회 위원장직에서 몰아낸 뒤 가택 연금 조치를 단행했다.

김구 선생이 남북협상 회의에 참석하기 위해 평양에 갔을 때도 고당 선생을 면담하지 못했다. 고당은 맨 처음에는 평양 고려호텔에 연금되었다가 이후 6·25전쟁 시기까지 감방에서 옥중생활을 했다. 옥중에서 남북한 단독 정부가 제각기 세워진다는 사실을 알고 이를 통탄했다. 김일성의 북한 정권은 6·25전쟁 발발 직전에 야릇한 제의를 했다. 남조선에서 활동하다가 체포된 이주하(李舟河, 1905~1950), 김삼룡(金三龍, 1908~1950)을 북으로 보내주면 고당을 석방해서 남조선으로 보내주겠다는 맞교환 제의를 했다. 말하자면 인질이 되신 것이다. 하지만 이 것은 성사되지 못했고, 전쟁 시기였던 1950년 10월 15일, 북조선 내무성 안에서 내무서원들에 의해 무참하게 학살

되었다.

이 무렵 나는 문경옥과 헤어진 뒤 줄곧 홀로 지내다가 이를 딱하게 여기시던 어머니로부터 한 처녀를 소개받았다. 이름은 리윤희(李允姬). 그녀는 평양 근교 중화군의 농민 가정에서 태어났다. 키가 작고 까무잡잡한 전형적인 농촌 처녀였다. 시골에서 보통학교는 다녔다고 했다. 나는 첫 결혼에 실패했던 좌절감과 또 혼자 살아온 세월에 지칠 대로 지쳐서 어머니의 제의를 그대로 수락했다. 결혼식은 평양에서 소박하게 올렸다. 아내를 데리고 나는 대동강 기슭의 내가 살던 돌담집으로 와서 그대로 조용하게 살았다. 우리 부부의 슬하에서는 아들 셋과 딸 둘이 줄줄이 태어났다.

그 무렵 나는 고당 조만식 캠프의 초청을 받고 가서 고당 선생과 만났다. 조만식 선생은 오산학교의 교장 시절부터 나를 특별히 사랑하고 진작부터 눈여겨 봐두었다고 하셨다. 그 인연으로 해방 직후 내가 평양에서 살 때 긴밀히 연락해서 평양으로 불러올린 것이다. 거기서 나는 주로 영어와 러시아어의 통역비서 업무를 수행했다. 하지만 고당 선생이 해방정국에서 소련과 김일성 세력으로부터 겪은 갖은 수모와 고난 때문에 나의 비서 활동은 불과 몇 달 만에 허무하게 끝나고 말았다.

그러한 와중에서 나는 외출을 거의 하지 않고 러시아 작가 솔로호프의 장편소설『고요한 돈』을 번역하는 일에 깊이 몰두했다.『테스』시기에서도 그랬지만 내 모든 번역 작품에서의 문체는 오로지 나만의 정감 어린 문체와 독특한 스타일이 느껴지도록 했다. 대개 번역문체는 건조하거나 사실의 고지식하고 삭막한 전달로 흐르기 쉬운데 나는 원문의 내용을 그냥 직역하지 않고 일단 자기화해서 놀랍고도 특이한 문체로 승화시키려고 노력했다. 이 때문에 나의 번역 작품을 읽는 독자들은 마치 내 시작품을 읽는 듯한 아늑한 분위기에 젖었다며 호평했다. 일제 말 안동 세관에서 근무하던 시절에 번역했던 러시아 작가 바이코프의 작품『초혼조(招魂鳥)』,『식인호(食人虎)』,『밀림유정(密林有情)』도 그런 부분에서 독자들에게 강렬한 반응을 얻은 바 있다. 러시아 작가 솔로호프의 작품『고요한 돈』번역본이 두 권의 단행본으로 출판된 것은 1949년이다. 이 책은 6·25전쟁 때 격전지에 투입된 인민군 병사들이 배낭 속에 넣어가지고 다니며 틈날 때마다 꺼내어 읽을 정도였다고 한다. 놀랍고 흐뭇한 일이다.

1947년에는 러시아 작가 시모노프의 작품 『낮과 밤』, 솔로호프의 『그들은 조국을 위해 싸웠다』 등을 번역해서 책으로 출간하기도 했다. 1948년에도 파데예프의 작품 『청년근위대』를 번역했다. 이러한 번역 작업은 그 이후로도 계속 이어졌다.

사실 나는 일본 아오야마가쿠인대학에서 영문학을 전공한 영문학도다. 그럼에도 불구하고 주된 번역물은 러시아말로 된 러시아 작가들의 작품이었다. 그것도 적은 분량이 아니라 방대한 장편소설을 주로 번역했다. 흔히들 번역을 제2의 창작이란 말로 부르기도 하는데 이것은 그만큼 번역 작업이 어렵다는 것을 뜻한다. 나는 오로지 독학으로 러시아어를 제2외국어로 학습하여 전문적 번역가의 수준에 이르렀다. 고당 조만식 캠프에서 일할 때는 소련군 장교와 조만식 선생의 면담에서 내가 통역까지 맡았을 정도였으니 그 러시아어 실력은 제법 인정받았다고 할 수 있다. 1948년에는 김일성대학으로부터 강사로 초빙하고 싶다는 요청을 받았다. 처음엔 영어 과목을 맡았는데 나중에는 러시아어 과목까지 맡아달라고 했다.

　그해에도 러시아의 농민시인인 이사코프스키의 시선집을 번역하고 평양의 출판사에서 책을 발간했다. 이사코프스키는 내가 무척이나 좋아했던 시인이다. 이런 적극적인 활동이 북조선문예총의 주목을 끌었던가 보다. 나는 1947년 북조선 문학예술총동맹(약칭 문예총) 제4차 중앙위원회의 외국 문학 분과원으로 임명받았다. 하지만 그것은 내가 장차 겪게 되는 비극의 서막이었다. 북한 문단은 이념적으로 워낙 센 강경파들이 장악하고 있었다, 그래서 나 같은 기질이 양순하며 풍부한 재주를 가진 문학인이 자리할 틈은 전혀 없었다. 바늘귀만큼도 없었다. 겨우 외국 문학 분과원으로 한쪽 귀퉁이에 얼굴을 내밀게 되지만 갖은 감시와 질투, 모함 때문에 크나큰 고통을 겪게 되었다.

　나는 여기서 하나의 가상적 사실을 떠올려본다. 만약 내가 해방 직후 북조선에 머물지 않고 서울로 내려왔다면 어찌 되었을까. 인본주의적 정신과 가치관을 바탕으로 따뜻한 감성의 시를 써왔던 나에게 남한 문단의 풍토는 북한에서의 활동보다 훨씬 자유롭고 운신의 보폭에 역동성을 누릴 수 있도록 보장하고 허용했을까. 하지만 반드시 그렇지는 못했을 것 같다. 해방 후 남한의 문단에서는 보수적이고 우파적 성향의 경직된 반공 계열 문인들이 세력을 독점했다. 나는 그것을 지켜보면서 북에서 느낀 것과 같은 심한 혐오를 느끼게 되었으리라.

시 「나와 나타샤와 흰 당나귀」의 끝부분에서 내가 말한 "산골로 가는 것이 세상한테 지는 것이 아니라 세상 같은 건 더러워 버린다"라는 대목은 내 기질을 말해준다. 그런 내 기질과 스타일로 볼 때 나는 결코 1950년대 남한 문단의 주류에 들지 못하고 분명히 소외되었을 것이다. 다시 말해서 나는 남조선이든 북조선이든 그 어디에서도 마구 세력을 독점하고 장악하며 위세를 부리는 부류들의 천박한 광경을 보면서 끌끌 혀를 찼으리라. 이러한 나의 비타협적 기질 때문에 북조선 문단에서는 이리 휘몰리고 저리 쫓기며 비판이나 공격을 받고 시달리면서 심한 고통을 겪었다. 결국 그 분위기에서 살아남지 못하고 허우적 거리다가 기어이 압록강 가까운 깊은 산중으로 쫓겨 떠나가게 되었다.

해방될 무렵에 발표된 내 시작품은 그리 많지 않다. 1947년 11월부터 1948년 10월까지 약 1년 사이에 남조선에서 발간된 신문이나 문예지에 발표된 작품은 모두 5편이다. 「산」, 「적막강산」, 「마을은 맨천 구신이 돼서」, 「칠월백중」, 「남신의주 유동 박시봉방」 등이 그것이다. 하지만 이 작품들은 남과 북이 분단되기 전, 내 시작품의 원고를 어떤 경로로 가지고 있던 친구 허준이 나를 대신해서 발표해 준 것들이다. 그러니까 창작 시기도 해방 직전이거나 직후일 수가 있다. 「산」과 「적막강산」의 경우 작품 본문 끝에 '이 원고는 내가 이전에 가지고 있던 것이다'란 허준이 쓴 부기(附記)가 붙어 있다.

「마을은 맨천 구신이 돼서」의 작품 말미에도 '이 시는 전쟁 전부터 시인이 하나둘 써놓았던 작품들 중의 하나로 우연히도 내가 보관해 두었던 것이다-허준'이라는 부기가 첨부되어 있다. 이 작품은 예로부터 오래된 가옥에 서려 있다는 귀신의 기운을 테마로 해서 내가 엮어본 것이다. 사람들은 이 작품을 읽고 너무도 무섭다는 마음을 전해온 이도 있었다. 우리 겨레의 전통적인 삶과 민간신앙의 정 겨운 모습을 그린 것이다. 어떤 이는 이 시를 읽고 나서 뒷 간에도 마음 편하게 가지 못한다는 이야기도 했다. 허준 이 새삼 고맙다.

"나는 이 마을에 태어나기가 잘못이다

마을은 맨천 구신이 돼서

나는 무서워 오력을 펼 수 없다

자 방안에는 성주님

나는 성주님이 무서워 토방으로 나오면 토방에는 다운구신

나는 무서워 부엌으로 들어가면 부엌에는 부뜨막에 조앙님

나는 뛰쳐나와 얼른 고방으로 숨어버리면 고방에는 또 시렁 에 데석님

나는 이번에는 굴통 모통이로 달아가는데 굴통에는 굴대장 군

얼혼이 나서 뒤울안으로 가면 뒤울안에는 곱세녕 아래 털능

구신

　나는 이제는 할 수 없이 대문을 열고 나가려는데 대문간에
는 근력 세인 수문장

　나는 겨우 대문을 삐쳐나 바깥으로 나와서

　밭 마당귀 연자간 앞을 지나가는데 연자간에는 또 연자망
구신

　나는 고만 디겁을 하여 큰 행길로 나서서 마음 놓고 화리서
리 걸어가다 보니

　아아 말 마라 내 발뒤축에는 오나가나 묻어 다니는 달걀구신

　마을은 온데간데 구신이 돼서 나는 아무 데도 갈 수 없다"

　　　　　－시 「마을은 맨천 구신이 돼서」 전문

　시 「칠월백중」의 끝에도 '이 시는 전쟁 전부터 내가 간
직해두었던 것을 시인에겐 묻지 않고 감히 발표한다-허
준'이란 메모가 보인다. 이런 점에서도 나는 내 친구 허
준의 활동이 눈물겹도록 고맙기 그지없다. 나는 떠나고
없는데 그는 곁에 없는 친구의 이름을 여전히 유지시켜
주려고, 친구의 이름이 독자들에게 바래지지 않게 하려

고 그렇게 작품을 애써 발표해 주었으니 얼마나 고마운 일인가.

　그렇게 작품이 발표되긴 했지만 험악한 분단 시기의 혼란 속에서 내 시작품을 특별히 주목하는 사람은 아무도 없었다. 나는 어딜 가나 고독함과 적막함 속에서 소외를 운명처럼 받아들이며 살아갈 수밖에 없었던 가련한 시인이자 에트랑제였다.

북한 문단과의 불화

해방될 무렵 평양에서 시인으로서의 내 위상이 전혀 빛을 발하지 못했다.

워낙 급격히 변모해가는 북조선 체제의 여러 양상에 쉽게 동화되지 못하고 내부에서 어떤 저항 같은 것을 느꼈을지도 모른다. 김일성이 주도하는 조선민주주의인민공화국 수립과 더불어 모든 것이 일사불란하게 획일적·강압적으로 바뀌어가는 여건은 나의 기질이나 심성의 바탕과 전혀 부합되지 않았다.

나는 일제 말 서울과 함흥을 오가는 생활을 하면서 겨우 버티다가 마치 탈출하듯 서울을 떠나 생활 기반을 만주 신징으로 옮겼다. 하지만 만주의 여건이 서울보다 다소 나은 점이 있긴 했지만 일제의 괴뢰국(傀儡國)에 불과한 만주국의 친일적 성향, 은근히 심리적 강제를 가해오는 창씨개명이나 일본어로만 글을 써서 발표하기를 압박해오는 시대 분위기 등이 너무도 싫어 일시에 모든 공직에서 떠나버렸다.

하지만 경제적 궁핍을 견딜 도리가 없어서, 즉 호구지책(糊口之策) 때문에 공직에 다시 들어가 얼마간 근무하게 되었다. 틀에 박힌 생활규범인 정시 출근, 반드시 넥타이를 매고 정장 차림을 해야만 하는 공무원 스타일, 직장 상급자들의 위압적 자세나 압박 따위가 나는 너무도 싫고 몸서리쳐졌다. 그 때문에 나는 어떤 자리와 직책을 보장받았다 할지라도 얼마 견디지 못하고 곧 그곳을 떠날 수밖에 없었을 것이다. 그 까닭은 오로지 내 자유주의적 기질과 침잠을 좋아하는 개인성을 다치고 싶지 않은 결벽 때문이었다. 그래서 만주의 낯선 곳들을 일부러 떠돌기도 하고, 잠시 업무를 보조해주며 일당을 받는 일들을 감당하며 하루하루를 견뎠다.

만주에서의 내 삶은 그리 순탄하지 못했다. 서울을 떠

날 때는 한 사람의 청년 시인으로서 모든 풍물이 낯선 이국 생활을 하며 적어도 시 100편가량은 써서 돌아갈 것이라는 원대한 포부를 지녔건만 그 고귀한 뜻을 제대로 이루지는 못했다. 역시 알량한 원고료 수입을 위해 번역물을 맡아 줄곧 몰두하면서 예상치 못한 번역 성과를 축적하기는 했지만 그것은 시 창작의 높은 가치에는 따를 수 없는 부차적인 활동에 불과했다. 그런 가운데서 일제 말에는 고향집 부모님의 호출을 받고 마침내 평양에서 결혼식을 올리며 아내를 맞이했다. 하지만 여러 가지 불화 때문에 결국 이혼으로 슬픈 종결을 짓게 된다.

해방이 되고 고향 정주로 돌아와 맨 먼저 했던 일은 두 번째 결혼이다. 새 아내를 맞이하여 순탄한 가정을 꾸리며 평범한 부부로 여러 자녀도 잇달아 출산하고 평양에서 소시민의 삶을 살아간다. 이 시기에 고당 조만식 선생의 부름을 받아서 조선민주당 소속으로 그분의 통역 비서가 되기도 하지만 풍운아 고당 선생이 겪은 대파란과 격동 속에서 자리를 떠나게 되고 결국 돌각담이 있는 평양 집에서 대동강을 바라보며 번역 작업에만 몰두한다.

해방 직후 북조선에 수립되었던 김일성 정권은 일제 식민 통치보다 한층 강압적인 전체주의·획일주의 방식으로 인민들을 규합하고 통제했다. 그것은 문학 쪽도 예외가 아니어서 개인주의, 예술지상주의를 철저히 배격하고 오로지 당과 수령을 위하는 공산주의 문학 강령의 실천에 복무하기를 강요했다. 북조선 문예총의 눈 밖에 조금이라도 벗어나게 되면 즉시 자아비판과 혹된 보복이 가해졌다. 나는 기질적으로 이런 분위기에 거부감을 느끼며 스스로 동화되기를 꺼렸다. 그러한 소극적 태도를 다른 문학인들이 재빨리 눈치채서, 내 삶의 방법이나 태도가 이탈과 소극성으로 점철되어 있다며 일제히 비판하기 시작했다. 마구 짖어대는 개떼들이 따로 없었다. 식민지시대의 서울 문단이나 만주 신징 문단에서는 이러한 집단비판까지는 가해지지 않았다.

하지만 내가 몸 담았던 해방 직후 북한 문단에서는 그러한 비판이 가차 없이 거세게 치고 들어왔다. 과연 어떤 삶을 선택할 것인가. 북조선 문예총의 강압적 분위기를 거부하게 된다면 그것은 죽음의 길로 걸어가는 것과 다름없다. 본인과 가족이 그냥 목숨을 부지하면서 비루하고 구차하게나마 생존을 이어갈 수 있으려면 자신의 기질이나 신념을 허물고 바꾸며 체제가 요구하는 방식으로나 자신을 그들 뜻대로 완전히 쇄신해야 했다. 그것도 완전히 쇄신되어야만 했다. 변화의 정도를 늘 감시하고 두리번거리는 눈길들이 항시 샅샅이 따라다니며 털어내고 점검하기 때문에 어쩔 도리가 없었다. 내가 북한 문단 초기에 이렇다 할 시를 전혀 쓰지 못한 까닭은 바로 이런 여건 때문이다.

그런 와중에서도 1953년에는 파블렌코의 『행복』을 번역·출판했다. 1954년도에는 러시아 시인 이사코프스키의 시선집을 중국 길림성에서 출판하기도 했다. 1955년에는 러시아 시인 푸시킨의 시작품을 여러 사람과 공동으로 번역해서 『뿌슈킨 전집-시편』을 발간했다. 그 책은 조쏘출판사 이름으로 나왔다. 6·25전쟁의 종전 직후에는 주로 러시아 문학작품을 번역·출판하는 일에 힘을 쏟았다.

그러다가 1956년부터는 활동 방향을 큰 폭으로 수정했다. 그 장르는 주로 아동문학 쪽이었다. 동시와 아동문학 비평 쪽으로 관심을 집중시켰다. 동시라고 하지만 우리가 흔히 알고 있는 일반적인 동시가 아니라 동화적 설화성을 담은 서술체 형식의 동화시를 개척하였다. 그것은 내가 어린이의 감성을 다듬고 보호하며 잘 가꾸어가야한다는 어떤 작가적 사명감의 작용과 신념 때문이었다.

고립과 소외

　해방 후 북조선 문단은 오로지 김일성 체제를 구축하기 위한 도구적 역할에만 충실했다.

　이에 따라 6·25전쟁이 발발하자 문학이 전쟁 수행을 위한 총포탄이 되어야 한다는 주장이 강조되었다. 1947년 공산당에서 설정한 '고상한 리얼리즘론'의 제기는 모든 작가와 그들이 만들어내는 문학작품이 오로지 당과 수령을 위한 정책적 고양의 도구가 되어야 한다는 점을 역설했다. 사회주의 체제하에서는 어떠한 적대적 갈등도 존재할 수 없다는 이른바 무갈등론(無葛藤論)이 급격히 부상했다. 하지만 이것은 혁명적 낭만주의로 문단을 침체시키는 문제로 이어졌다.

모든 역량이 당과 수령을 위한 기계적이고 도구적인 창작을 하는 데 투입되어야 한다고 강조했다. 이런 문학의 관점은 시 장르의 기형적 확산을 불러오게 되었고, 김일성의 생애를 신격화하는 서사시가 양산되는 분위기로 이어졌다. 어떤 작품의 창작도 당과 수령을 예찬하는 장르로만 한정되어야 한다는 인식이 고착되었다. 나는 이런 경직된 분위기에 체질적으로 동조하지 않았다. 북조선 문예총의 외국 문학 분과위원으로 배속되어 주로 번역 작업에만 몰두하였다.

하지만 대세의 흐름을 나 혼자 거스른다는 것은 죽음을 스스로 불러오는 것과 다름없다. 그래서 나의 번역 사업도 인민과 작가들을 계몽하는 역할을 뛰어넘어 평화 옹호 사업, 정치 사업으로 발전되어야 한다는 논리를 펼쳤다. 이렇게 주장하는 글을 〈문학신문〉 1957년 1월 10일 자 지면에 실었다. 제목은 「부흥하는 아세아 정신 속에서 아세아 작가대회와 우리의 각오」다.

나는 1956년 북한의 아동문학 저널인 〈아동문학〉 1월호에 두 편의 동화시를 발표했다. 그런 활동과 더불어 북한 아동문학계의 창작 풍토와 현실에 나타난 문제점을 정리한 평론을 〈아동문학〉지와 〈조선문학〉지에 모두 세 차례 발표했다. 가만히 생각해볼 때 아동문학의 순정성이야말로 폐쇄와 경직성에 함몰되어가는 북조선 문단의 풍토를 쇄신하는 가장 적합한 방안이라고 판단되었다. 하지만 이런 선택이나 경로 자체가 시나 소설 따위의 주류를 벗어난 영역이라는 것을 나는 알고 있었다.

다만 북조선 문학이 지나치게 도식주의로 흐르는 경향을 내 나름대로 경계하고 경종을 울리는 하나의 방식이 되리라 믿었다. 동시를 쓰게 된 것은 바로 그러한 취지와 연결되어 있다. 이런 나의 활동은 주로 〈문학신문〉을 통해서 이루어졌다. 1956년 10월 나는 그 〈문학신문〉의 편집위원 겸 부장이라는 직책을 맡고 있었다. 그 이듬해 4월에 발간된 『집게네 네 형제』도 이 기관에서 펴내었다. 이 책에는 12편의 동화시가 담겨 있다. 종의 딸로 태어난 오월이라는 이름의 가련한 농촌 소녀가 갖은 핍박과 설움을 겪던 끝에 죽어서 마침내 '쫓기달래'로 다시 환생하는 과정을 담은 설화를 바탕으로 썼다. 이런 동화시 창작을 통해 나는 아동문학이 반드시 담아야 할 내용과 창작방법론을 은근히 제시하였다. 나는 그 글에서 시정(詩情)이라는 것과 철학적 일반화의 중요성을 특히 강조하였다.

아래는 내가 써서 〈조선문학〉지에 발표한 「동화문학의 발전을 위하여」의 한 대목이다.

"시정(詩情)으로 충일하지 못한 동화는 감동을 주지 못하며 철학의 일반화가 결여된 동화는 뚜렷한 인상을 남기지 못한다."

〈아동문학〉 3월호에는 「막씸 고리끼」, 〈조선문학〉 5월호에는 「동화문학의 발전을 위하여」, 〈조선문학〉 9월호에는 「나의 항의, 나의 제의-아동시와 관련하여, 아동문학의 새 분야와 관련하여」 등의 평론에 나의 소신과 주장을 강하게 담았다. 이념성을 우위에 두되 예술적 측면을 결코 간과해서는 안 된다는 점을 강조했다. 이런 나의 태도와 방법이 사회주의적 이데올로기의 획일적 강조보다는 보편적인 문학성과 예술성의 문제에 더 높은 비중을 둔 것은 사실이다. 그래야만 성공한 문학이 되는 법이다.

나는 내 자신의 솔직한 시각과 판단으로 당시 북한 아동문학계가 지닌 여러 문제점을 솔직하고 과감하게 지적했다. 1957년 내 동화시집이 발간된 직후부터 6개월 동안 이른바 아동문학 논쟁이 벌어졌다. 이원우가 먼저 내 글에 대해 시비를 걸었다. 그는 〈문학신문〉 1957년 5월 23일 자에 「유년층 아이들을 위한 시문학에서 빠뽀스 문제와 기타 문제」란 글을 실었는데 그 글은 나에 대한 비판으로 가득했다. 나는 그 글을 읽고 기분이 몹시 불편해져서 반론 「아동문학의 협소화를 반대하는 위치에서」를 발표했다.

그 이후로 이번엔 다른 아동문학가들의 벌떼 같은 비판들이 연속으로 제기되었다. 그동안 그들이 나의 글에 대해 품었던 반감을 일시에 터뜨린다는 것이 느껴졌다. 이진하의 글 「아동문학의 정당한 옹호를 위하여」가 그것이다. 뿐만 아니라 김명수는 「아동문학에 있어서의 인식적인 것과 교양적인 것」을 실었고, 이어서 이효은이 「최근 아동문학에 관한 논쟁에 대하여」를 발표했다. 연속으로 발표되는 이 글들은 모두 하나같이 나에 대한 일방적 공격으로 가득했다. 그들의 본심은 오로지 나를 중심에서 밀어뜨려 제거하려는 것이었다.

그동안 내가 적극적으로 평론을 쓰고 그 취지에 따라 동화시 작품을 발표하는 것이 그들의 눈에는 결코 곱게 보이지 않았던가 보다. 오래도록 지켜보다가 마치 담합이라도 한 것처럼 일시에 봇물 터지듯 나에 대한 공격을 집중적으로 퍼부었던 것이다. 북조선 문단에서 문학적 순정성을 추구하려는 나의 뜻이 수용될 까닭이 없었다. 내가 쓴 모든 글은 이제 부메랑처럼 나에게 독화살이 되어 거꾸로 되돌아왔다.

내가 그동안 해왔던 활동들은 결과적으로 나의 작가적 운명을 좌절과 침몰 속으로 밀어뜨린 발단이 되고 말았다. 그것을 어찌 짐작이나 했으리오. 어떤 측면에서 생각해 본다면 나는 감각적으로 굼뜨고 시대에 동화되지 못했다. 나는 나대로 내 관점이 선진적이고 첨단적이라 생각했다. 하지만 북조선 문단에는 이런 내 뜻을 지지하고 공감하는 문학인이 단 한 사람도 없었다. 오히려 내가 북조선 아동문학계 전체에 공격의 칼날을 겨누었다고 불편해하면서 나의 문학적 관점이나 가치관을 근본에서부터 비판하는 세력들이 규합하기 시작했다. 이런 엄혹한 분위기도 알아채지 못하고 나는 1956년 〈아동문학〉지 1월호에 「까치와 물까치」, 「지게게네 네 형제」 등을 발표한 것이다. 이어서 〈아동문학〉 4월호에는 「멧돼지」, 「강가루」, 「산양」, 「기린」 등 4편을 발표했다.

"누구든

싸울 테면 싸워보자

벼랑으로만 오너라

벼랑으로 오면

받아넘길 테니

까마득한 벼랑 밑으로

차 굴릴 테니

싸울 테면 오너라

범이라도 곰이라도

다 오너라,

아슬아슬한 벼랑 가에

언제나 내가 오똑 서 있을 테니"

―동시 「산양」 전문

나는 고립되어 있는 나 자신의 모습을 떠올리며 이 동시를 썼을지도 모른다. 그 누가 함부로 나를 공격하고 아무리 거친 중상모략과 험담을 퍼붓는다 할지라도 나는 진작부터 결코 그들에게 의기를 꺾이거나 패배하지 않을 것이라는 다짐을 하고 있었다. 하지만 현실은 꼭 이 시작품 속의 산양처럼 위기 속에서 절박한 상황을 겪지 않으면 안 되었다. 수상한 세월은 자꾸만 계속되었다.

〈문학신문〉 9월 19일 자 지면에는 시 「등고지」 등 수 편, 〈문학신문〉 3월 28일 자에는 「체코슬로바키아 산문문학 소묘」, 〈조선문학〉 6월호에 평론 「큰 문제, 작은 고찰」, 〈문학신문〉 6월 20일 자에는 평론 「아동문학의 협소화를 반대하는 입장에서」, 〈아동문학〉 11월호에는 「마르샤크의 생애와 문학」 등을 발표했다.

1956년 나의 문단활동은 매우 의욕적이었으며 거기에는 북한 문단의 어떤 진정한 변화를 촉구하는 간절한 갈망이 담겨 있었다. 하지만 이러한 나의 비평적 활동은 내 허점 혹은 약한 틈새 엿보기로 호시탐탐 기회를 노리던 세력들이 나를 전면적으로 공격하는 명분이 되었다. 1957년에는 내 나이 46세가 되던 해다. 나는 내가 그동안 꽤나 힘을 기울였던 장르인 동화시의 창작 성과를 모두 정리해서 『집게네 네 형제』란 제목의 동화시집으로 발간했다. 이야기가 포함되어 있었으니 대체로 시의 본문이 길다. 이러한 여건 속에서도 1958년에는 시작품 「제3 인공위성」을 발표했다. 뿐만 아니라 평론 「사회주의적 도덕에 대한 단상」을 발표하게 되는데 이런 글들은 모두 나를 공격하는 반대파들에게 비판의 빌미와 먹잇감을 준 결과로 이어졌다.

해방 후 내가 20년 가까이 힘을 쏟아온 창작 스타일은 순수하고 서정적인 경향이라 볼 수 있다. 대표 장르는 동화시였다. 결국 나를 비판하는 세력들은 이를 꼬투리 삼아 북조선 문예총의 방침과 강령에 철저히 위배되는 활동으로 규정하고 집중적으로 매도해왔다. 자본주의와 타협하려는 시도가 엿보이는 수정주의로 철저히 흐른다며 나

를 비판했다. 나를 위해 방패막이로 나서주는 지원군이
아무도 없었다. 나는 점점 고립과 소외, 곤경을 겪으면서
말할 수 없는 심리적 압박을 느꼈다.

　나는 결국 북조선 문예총의 결정에 따라 자아비판을 하
지 않을 수 없었다. 그때의 참담한 심정과 작가로서 느끼
는 형언할 길 없는 모욕감을 무엇으로 설명하리오.

관평리로 쫓겨가다

1959년은 나에게 무섭고 치욕적인 해였다.

그간 시인으로서 살아온 삶의 모든 축적과 명예가 한순간에 와르르 붕괴되는 참담한 경과가 펼쳐졌다. 내 나이가 48세 되던 그해 1월, 겨울의 중심에서 세상 모든 것이 꽁꽁 얼어붙었던 모진 추위가 왔다. 그 혹한 속에서 나는 가족들을 데리고 평양을 떠나 압록강과 두만강이 함께 만난다는 양강도 지역의 삼수군 관평리 국영협동조합으로 강제로 이주당하였다.

과연 그곳이 어떤 곳인가. 개마고원의 중심부에 있는 이곳은 예전에 삼수군과 갑산군이었다. 중한 죄를 지은 죄인들만이 가는 유배지였다. 한반도에서 가장 험준한

오지였고, 한겨울의 평균기온이 영하 20도에 가까웠다. 한번 가면 다시 살아나오기 어렵다는 곳이기도 했다. 원래는 함경남도에 속했으나 분단 이후에는 양강도가 되었다. 일찍이 오산학교 선배인 김소월 시인이 「삼수갑산」이란 시를 쓴 적이 있는데 그 작품에서도 불귀(不歸)의 애달픔을 다루고 있다.

"삼수갑산(三水甲山) 내 왜 왔노 삼수갑산이 어디뇨
오고 나니 기험(寄險)타 아하 물도 많고 산첩첩(山疊疊)이라 아하하
내 고향을 도로 가자 내 고향을 내 못 가네
삼수갑산 멀드라 아하 촉도지난(蜀道之難)이 예로구나 아하하
삼수갑산이 어디뇨 내가 오고 내 못 가네
불귀(不歸)로다 내 고향 아하 새가 되면 떠가리라 아하하"
－김소월의 시 「삼수갑산」 부분

누구든 이곳으로 가게 된다는 것은 말하자면 정치적 숙

청(肅淸)을 의미한다. 하는 짓이 꼴 보기 싫으니 아주 깊은 골짜기로 들어가 죽든 살든 거기서 나오지 말라는 뜻이다. 기가 막힐 노릇이 아닐 수 없다.

양강도의 관평리는 해발 800m의 산중턱으로 그곳에는 축산반이 설치되어 있어서 양과 돼지를 키우는 목장이 있었다. 그 목장은 삼수군 국영협동조합의 산하 기관이었는데 거기서 나와 가족들에게 부여된 일은 주로 목장의 돼지와 양을 돌보는 것이었다. 그 무엇보다도 아내와 자녀들의 불만이 이만저만 아니었을 터인데 나는 원망으로 가득 찬 그들의 얼굴을 차마 볼 수 없었다. 모든 불행의 발단은 아버지가 써서는 안 되는 시 따위를 썼기 때문이다. 그 못된 놈의 시 나부랭이가 우리 가족 전체를 이런 봉변과 모욕, 불행 속에 빠뜨렸다고 원망했을 것이 뻔하다. 가족들 중에도 내 마음을 위로하고 쓰다듬어주는 사람은 없었다.

초췌한 얼굴의 아내는 줄곧 울먹이며 말을 잃었고, 5남매는 불만 때문에 자동차가 관평리 입구에 도착할 때까지 화난 표정으로 입이 쑥 나와 있었다. 이런 가족들을 보다 못해 나는 자동차에 실려 온몸이 비포장도로에 이리저리 마구 흔들리는 동안 내내 눈길을 먼 하늘 쪽으로만 두었다. 축산반은 가파른 산중에 있어서 자동차가 거기까지 오르지 못했다. 산 아래쪽에 내려서 한참을 걸어서 올라갔다.

사람의 나이 48세가 넘으면 이젠 초로(初老)의 백발이 희끗희끗해지는데 북한의 수도 평양을 떠나 이 머나먼 국경 지역의 산중턱으로 떠밀려오게 되었으니 그게 기가 막힐 노릇이 아니고 무엇이겠는가. 나와 내 가족들은 지금까지 농사라곤 지어보지 않았던, 손등이 뽀얀 도시인들이다. 그런데 관평리 산골까지 와서 돼지와 양을 치면서 살아가게 되었으니 앞으로의 힘든 나날을 과연 어찌 감당해나가게 될지.

관평리에 도착한 이후 나의 말수는 점점 줄어들었다. 마을 사람들도 평양에서 잘 살던 유명 시인이 무슨 죄를 지어서 갑자기 관평리까지 쫓겨 오게 되었는지 몹시 궁금한 것 같았다. 그들과도 이젠 이웃이다. 어차피 어울려 살게 되었지만 한동안 우리는 서로 가까이 다가가지 못했다. 일거수일투족을 늘 흘끔거리고 두리번거리며 눈치를 살폈다.

때마침 밭의 콩이 익어서 수확한 콩을 밭두렁에서 말리고 있었다. 그날 나에게는 도리깨로 콩단을 두들겨 꼬투리의 콩을 털어내는 일이 맡겨졌다. 나는 어린 시절 평안도 고향마을에서 도리깨를 보긴 했지만 정작 그 도구를 다루어보진 못했다. 그래서 동네 청년에게 그걸 다루는 방법을 자세히 물어서 어설픈 동작으로 몇 차례 시도해 보았지만 제대로 되질 않았다.

그날 밤 자정이 넘은 시간, 관평리의 깊은 산중에 달빛은 휘영청 밝은데 나는 달밤의 콩밭에 나와서 도리깨를 휘두르고 있었다. 아무리 반복해도 제대로 돌리지 못하는 도리깨질을 원활하게 할 수 있을 때까지 동작을 되풀이하며 연습했다. 남편의 이런 광경을 옆에서 물끄러미 바라보던 아내 리윤희의 눈시울이 젖었다. 이런 가운데서도 나는 관평리 주민들과 어떻게든 부드럽게 어울리려고 노력하며 모든 일에 솔선수범했다. 처음엔 낯설어하던 주민들도 차츰 마음을 열고 조금씩 동정과 연민의 마음을 주고받게 되었다. 떡과 채소와 여러 음식도 나누어 먹고, 마음의 소통이 이루어지면서 나는 관평리 생활에 조금씩 적응되어갔다.

나는 시 때문에 그토록 봉변을 겪었으면서도 시를 쓰는 습관을 여전히 버리지 않았다. 눈이 내리거나 새소리가 들리면 가슴속에 가라앉았던 시적 감흥이 일어나 무언가를 끄적거렸다. 예전에 한 번 익힌 버릇을 쉬 떨쳐내기란 어려운 법이다. 시를 쓰다가 뜬금없이 이 아름다운 관평리에 정착할 수 있도록 도와준 당과 수령의 은혜에 감사하다는 뜻의 편지를 써서 문예총으로 보내기도 했다.

1959년 〈조선문학〉 6월호에는 내가 관평리에 삶의 터전을 새로 잡게 되면서 그 과정을 정리한 시작품 다섯 편, 즉 「이른 봄」, 「공무여인숙」, 「갓나물」, 「공동식당」, 「축복」이 실렸다. 그해 〈조선문학〉 9월호에도 「돈사(豚舍)의 불」, 「하늘 아래 첫 종축기지에서」 등을 발표하고, 〈문학신문〉 5월 14일 자에는 산문 「관평의 양」을 선보였다. 나는 관평리에 와서도 여전히 시인 기질을 그대로 갖고 있었는가 보다. 자꾸 시가 되는 걸 어찌하랴. 틈만 나면 시를 쓰는 이러한 시인 기질은 이듬해에도 여전히 이어져서 1960년 〈조선문학〉 3월호에 「눈」, 「전별」 등 2편, 〈아동문학〉 5월호에 「오리들이 운다」, 「송아지들은 이렇게 잡니다」, 「앞산 꿩, 뒷간 꿩」 등 3편, 〈문학신문〉 2월 19일 자에 산문 「눈 깊은 혁명의 요람에서」 등 여러 편의 작품을 제법 왕성하게 발표했다.

"한종일 개울가에

엄지 오리들이 빡빡

새끼 오리들이 빡빡

오늘도 동무들이 많이 왔다고 빡빡

동무들이 모두 낯이 설다고 빡빡

오늘은 조합 목장에 먼곳에서

크고 작은 낯선 오리들 많이도 왔다

온몸이 하이얀 북경종 오리도

머리가 새파란 청둥오리도

개울가에 빡빡 오리들이 운다

새 조합원 많이 와서 좋다고 운다"

-동시 「오리」 전문

　나는 관평리 축산조합의 일과를 정겨움이 드는 분위기로 내 마음속에서 바꿔놓았다. 이런 곳에 왔다고 탄식하며 좌절 속에 빠지게 된다면 그 모습이 얼마나 우매하고 어리석은가. 시인은 어디서나 자기 주변의 광경을 포착하고 의미 깊은 상징으로 정리해내어야 한다. 그렇게 하는 방법 중에서 동시, 혹은 동화시의 방법이 가장 적절하다는 판단은 시간이 갈수록 굳은 확신으로 이어졌다. 덴마크의 안데르센(Tryggve Andersen, 1866~1920)도 어린이의 맑고 깨끗한 마음속에서 비로소 진정한 문학세계와 고귀한 가치가 보인다고 하지 않았는가. 내가 지식인의 시를 버리고 아동의 관점에서 그 화법으로 시를 쓰게 된 배경에는 이런 여건이 작용하고 있다. 나는 이것을 내 자신의 놀라운 변화, 획기적인 변화라고 여긴다. 앞으로도 당분간 동시에 대한 애착과 신념은 바뀌지 않을 것이다.

　축산조합에서 일을 하다 보면 온갖 장면이 바뀌고 나날이 다른 광경들이 연속으로 펼쳐진다. 이미 다 자란 오리

232

들을 다른 곳으로 실어 보낸 뒤 녀석들이 있던 우리에는 새로운 오리들이 들어와 자리를 차지한다. 아직 덜 성장한 중간 오리들은 함께 있던 선배 오리들을 떠나보낸 뒤에 새로 들어오는 오리들을 맞이한다. 그들은 우선 처음 만나서 낯이 설지만 곧 함께 공동체의 운명이 되어서 꽥 꽥거리며 소리를 질러댄다. 나는 오리 녀석들의 말을 귀 기울여 듣고 나서 이 동시를 썼다. 시인은 동물의 언어에도 귀를 기울일 줄 알아야 한다. 사람이 사는 사회나 오리들의 군집에서 서로 어울리는 모양새는 이렇게 아름답다.

이런 순간 포착이 나는 몹시 즐겁고 기쁘며 내가 시인인 것이 자랑스럽다. 내가 쓰고 싶은 시를 계속 창작할 수 있으니 관평리 축협조합에서의 삶은 복되고 언제나 가슴이 두근거린다. 전후 경과가 어떠했건 간에 내가 현재 시를 쓰고 있다는 것은 나는 영락없는 시인의 운명을 타고났음을 의미한다. 나는 그야말로 관평리 축산조합에도 참 잘 왔다는 생각을 한다. 이곳만큼 시적인 소재가 풍부하고 하늘이 맑은 곳은 세상에 없을 것이다. 나는 행복하다. 복 받은 시인이다.

1961년은 내 나이 만 50세가 되던 해다. 그해 〈조선문학〉지 12월호에 「탑이 서는 거리」, 「손뼉을 침은」, 「돌아온 사람」 등 3편을 발표하고, 이어서 〈문학신문〉 5월 12일 자에 산문 「가츠리 섬을 그리워하실 형에게」를 발표한다.

"자산 땅에 농사짓는 아주머니시여

동해 어느 곳의 선장 아바이시여

먼 국경 거리의 판매원 동무이시여,

나와 자리를 나란히 또 마주한 이들이시여,

우리 다 같이 손뼉을 칩시다

우리 소리 높이 손뼉을 칠 때가 또 왔으니

우리 손뼉을 치는 것은

우리들의 가슴속에 기쁨이 솟구칠 때,

우리들의 영예가 못내 자랑스러울 때,

우리 손뼉을 치는 것은

우리들의 승리를 스스로 축하할 때

우리들의 마음속에 타오르는 뜻이 있을 때"

(이하 줄임)

-시 「손뼉을 침은」 부분

하지만 이 시기에 발표한 시작품을 돌이켜보면 내가 보기에도 너무 길고 무겁다. 또 단조롭고 창피하기까지 하다. 이 작품에 동원된 연(聯)만 하더라도 무려 9개나 된다. 이는 내가 쓰고 싶어서 쓴 것이 아니다. 그렇게 써야만 한다는 어떤 불편한 의무감, 사명감이 나를 옥죄어 왔기 때문이다. 과도한 분량의 언어를 담고 있는 것은 사회주의 조국의 아름다움과 훌륭함을 마냥 의무적으로 예찬해야 했기 때문이다. 그 때문에 시가 무작정 길어질 수밖에 없었다. 이것은 압축을 기본 미덕으로 하는 시의 세계가 아니다. 단지 따분한 해설에 불과하다는 것을 나는 안다. 그러한 틈틈이 당과 수령 형상화의 작가적 의무를 실현해야만 했으니 시 창작의 개별성은 전혀 확보될 수 없었다. 한마디로 나의 만년 시작품들 중에는 읽을 만한 것이 없다. 대체로 이런 부류들뿐이다.

한국의 독자들은 이 시기의 내 작품에서 어떤 특별한 것을 기대하지 말라.

나는 오로지 당과 사회주의 조국이 요구하는 틀에 박힌 의무와 기획 및 배정에 충실하게 부합되는 작품만 생산해야만 했다. 그 때문에 내 고유한 특성이나 상상력을 마음껏 펼치기란 원천적으로 불가능했다. 우선 살기 위해서 이런 것을 작품이라며 발표하긴 했지만 이것을 어찌 시 혹은 문학이라 부를 수 있단 말인가. 이게 내 솔직한 심정이다. 해방 전의 내 시작품을 기억하는 독자들은 잘 알고 있으리라. 하지만 세월이 흘러 북조선 사회에서 나는 이처럼 단조롭고 따분하기 짝이 없는, 그야말로 문장의 나열에 불과한 것을 시랍시고 써서 그 원고를 문예총으로 보내어 구차하게 내 앞가림을 했었다.

이런 나의 모습을 여러분은 어떻게 보시는가. 내 자신이 생각하기에도 초라하고 가련하며 처연하기 그지없다. 나는 이렇게 되어가는 추세와 정황을 진작부터 잘 알고 있었지만 가족의 생계와 안위를 위해서 어쩔 도리 없이 그저 북조선 문단의 강압적 분위기와 대세의 흐름에 휩

쓸리고 말았다. 그리고 내 처연한 심정을 그 누구에게 단 한마디도 발설하지 않았다. 내가 이미 이 세상 사람이 아니니 오늘 최초로 한국의 시인으로 활동하고 있는 대필자 이동순 교수의 손을 빌어서 남쪽의 애독자들에게 당시 나의 심정을 고백하고 있는 것이다.

이렇게 해서 내 작품 발표는 1962년까지 이어진다. 그 해 〈문학신문〉 4월 10일 자에 시 「조국의 바다여」, 〈아동문학〉 5월호에 시 「나루터」 등 수 편, 〈아동문학〉 6월호에 산문 「이소프와 그의 우화」를 발표했다. 그런데 이런 작품 발표조차도 1962년, 완전히 최종적으로 끝이 나고 말았다. 그 후로도 시를 써서 평양의 잡지사나 신문사, 문예총으로 더러 보냈지만 어찌된 일인지 단 한 편도 발표되지 않았다. 당과 북조선 문예총에서 아마도 모종의 어떤 지시를 여러 기관에 한 것이 틀림없다. 보나마나 '백석의 작품은 차후 문학지에 절대 게재할 수 없다' 따위의 지시였을 것이다. 내 작품이 전혀 발표될 수 없다는 것을 뒤늦게 짐작으로 알게 되었다. 그러니 더 이상 평양으로 작품을 보내본들 무슨 소용이 있으랴. 그로부터 나

는 작품을 쓴다는 것에 대해 아무런 의미도 가치도 느껴
지지 않았다.

여기에다 나의 꾸준한 시 창작에 대한 아이들의 원망은
오래도록 풀리지 않았다. 어느 해 겨울, 그날은 몹시 추운
날이었다. 아이들이 아궁이에 군불을 때는데 장작은 어
렵게 구했으나 불쏘시개가 없었다. 장남 중축이 아버지
의 방으로 쏜살같이 달려가 내가 틈틈이 메모해둔 시 원
고를 냉큼 들고 와서 불을 붙이고 장작의 불쏘시개로 썼
다. 종이 불쏘시개라 마른 장작에는 삽시간에 불이 활활
붙었다. 하지만 아까운 내 시작품의 초고가 이렇게 아궁
이로 사라진 것이 부지기수였다. 딸 지제도 오빠 중축과
같은 생각을 하고 있었다.

나는 이 광경을 보면서 처음엔 가슴이 철렁할 정도로
몹시 놀랐으나 나중에는 혼자 등을 돌리고 뒷짐을 진 채
쓸쓸한 미소만 지으면서 먼 하늘만 바라보았다. 아들 중
축에게는 아비가 쓰는 시작품이란 것이 전체 가족의 피맺
힌 원수처럼 여겨졌다.

도대체 시(詩)라는 것이 무엇인가. 그 괴상망측한 요물

(妖物) 때문에 가족 모두가 이 외진 산골로 쫓겨와 고생살이를 하고 있는 것 아닌가. 시, 문학, 동화시, 비평 따위는 시인의 아들 중축에게는 아버지의 소중한 보배가 아니라 치가 떨리는 원한과 혐오의 대상일 뿐이었다. 모두 쓸어와서 깡그리 아궁이 속에 처넣고 불태워버려야 갑갑한 속이 풀릴 것 같았다. 그처럼 놀라운 사태를 겪고 난 이후 나는 더는 시를 쓰지 않게 되었다. 아니 쓸 필요가 없었다. 시인이 더 이상 시를 쓰지 않는다면 그는 이미 시인이 아니다. 나의 무서운 절필은 그때 시작되었다.

내가 쓴 작품이 오래도록 북한의 여러 잡지에 발표되지 않으니 일본 신문에서는 나를 1963년에 사망한 것으로 보도했다. 하지만 이는 명백한 가짜뉴스였다. 내가 마지막 작품을 발표한 1962년부터 세상을 떠난 해로 알려진 1996년까지는 무려 34년이라는 긴 세월의 구간이 있었다. 그 기나긴 세월 동안 나는 바람찬 관평리 산골에서 과연 어떤 삶을 살아왔던가. 시라는 것도 자꾸 써야만 계속 시작품이 나오게 마련인데 전혀 쓰지 않는 시간이 오래도록 지속되니 점점 시 창작이라는 것이 아주 아득한 옛일처럼 느껴졌다. 한창 작품을 쓸 뿐만 아니라 시인으로서의 삶이 드디어 성숙과 달관의 경지에 들기 시작할 50대 초반부터 나에겐 잔인한 공백이 강요되었다.

전체주의 통치하의 문단이란 것은 이토록 무섭고 경악스럽다. 억누를 수 없는 나의 시인 기질은 내부에서 자주 꿈틀거리고 표현 욕구나 충동이 치밀어 올랐다. 틈틈이 그것을 종이쪽에 연필로 옮겨 적어두었다. 자식 놈들이 또 불쏘시개로 빼앗아 갈 것이 두려워 깊은 곳에 몰래 숨겨두기까지 했다. 하지만 이런 짓도 모두 덧없는 것이었다. 나는 시시각각 솟구쳐 오르는 창작 충동을 내부에서 억누르느라 힘겨운 내적 싸움을 벌였다. 오랜 시간 그렇게 하다 보니 그게 하나의 습관이 되어버렸다. 이젠 시도 나에게선 희미하게 엷어진 지 오래다.

아무리 어렵고 고통스러운 환경이라 할지라도 가족들의 깊은 이해와 배려만 있었다면 계속 시 창작을 이어갔으리라. 까짓것 발표 따위야 하지 않으면 어떠리. 시인에게 시를 쓰지 말라는 것은 숲의 새를 지저귀지 못하게 하는 강압적 억제와 다를 바 없을 터이다. 나는 해발 800미터의 가파른 관평리 언덕길에서 그저 처연하고 볼품없는 늙은이로 시들어갔다. 회갑을 지나고 고희도 훌쩍 지나 등도 굽고 허리도 구부정한 팔순 노인의 모습이었다. 나는 관평리의 그 언덕길을 지팡이에 몸을 의지하고 가다가 쉬곤 하면서 터벅터벅 걸어 다녔다. 자, 내 고백을 들은 한국 독자 여러분의 느낌은 어떠하신가?

독자 여러분께서 내 말년의 이런 정경을 생각하신다면 참으로 가슴이 따갑고 명치끝이 아려 오실 것이다. 참 모질고 끈질긴 것이 사람의 수명이다. 이렇게 나는 그 험한 북조선의 관평리에서도 여든셋까지 살았다. 내가 죽고 난 뒤 자식들이 내 방을 샅샅이 뒤졌다. 하지만 어떤 값나갈 만한 유품도 그들에게 남겨주지 못했다.

다만 방의 벽장 틈새에 끼워둔 나의 시작품 초고가 꽤 많았는데 이 녀석들은 아궁이에 장작불을 지필 불쏘시개를 많이 찾았다며 환호성을 올렸다. 그렇게 내가 몰래 써둔 만년의 시작품들은 모조리 관평리의 아궁이 속으로 들어가서 불꽃과 함께 사라졌다. 하지만 그런들 어떠리. 내 시 원고가 활활 타는 불꽃이 되고 또 그것이 방바닥을 따

뜻하게 데우고 자식들에게 전해줄 한 점의 온기가 되었으
니 나는 그것으로 족할 뿐이다.

한민족의 정체성을 만든
인물들을 통해, 삶의 지혜와
미래의 길을 연다.

고대

배달 민족의 얼인 고대 동아시아 지배자

나는 치우천황 이다

대동 세상을 열려는
너희 본디 마음이 나 치우다

"나는 천산산맥 넘어 해 뜨는 밝은 곳을 향해 내려와
신시 배달국을 열었다. 너도 하느님 나도 하느님,
너도 왕이고 나도 왕이니 서로서로 섬기는 대동 세상 터를
닦고 넓혀왔다. 하여 뭇 생명이 즐겁고 이롭게 어우러지는
세상을 열려는 너희 본디 마음이 곧 나일지니."
-치우천황이 독자에게-

이경철 지음 | 값 14,800원

근세

지킬 것은 굳게 지킨 성인군자 보수의 표상

나는 퇴계 다

'완전한 인간'을 위한
자기 단련의 길이 나 퇴계다

"나는 책이 닳도록 수백 번을 읽었다. 그랬더니
글이 차츰 눈에 뜨였다. 주자도 반복해서 독서하라.
이르지 않았던가? 다른 사람이 한 번 읽어서 알면,
나는 열 번을 읽는다. 다른 사람이 열 번 읽어서
알게 된다면, 나는 천 번을 읽었다."
-퇴계가 독자에게-

박상하 지음 | 값 14,800원

근세

보수의 대지 위에 뿌린 올곧은 진보의 씨앗

나는 율곡 이다

바꾸자는 개혁의 길
너의 생각이 나 율곡이다

"나라는 겨우 보존되고 있었으나, 슬픈 가난으로
시달리는 백성들은 온통 병이 깊어 숨이
넘어갈 지경이었다. 백척간두에 선 채 바람에
이리저리 위태롭게 흔들리고 있었다.
내가 개혁을 외치고 나선 이유다."
-율곡이 독자에게-

박상하 지음 | 값 14,800원

근세

현모양처의 대명사인 한 여성의 삶과 꿈

나는 사임당 이다

많이 알려졌어도 실제
내 삶을 아는 사람은 드물구나

"나만큼 많이 알려진 인물도 없다. 그러나 나만큼 제대로
알려지지 않은 인물도 없다. 율곡의 어머니, 겨레의
어머니, 현모양처의 모범과 교육의 어머니로 많이
알려졌어도 실제 내 삶이 어떠했는지 아는 사람은
거의 없다. 나는 내 삶을 바르게 살고 싶었을 뿐이다."
-사임당이 독자에게-

이순원 지음 | 값 14,800원

현대

모국어로 민족혼과 향토를 지켜낸 민족시인

나는 **백석** 이다

깊은 슬픔을 사랑하라

분단의 태풍 속에서 나는 망각의 시인이었다.
하지만 한국의 독자들은 다시 내 시에
영혼의 불을 지폈다.
나는 언제나 외롭고 높고 쓸쓸한 시인이다.
-백석이 독자에게-

이동순 지음 l 값 14,800원

현대

남북한과 동서양의 화합을 위해 헌신한 삶과 음악

나는 **윤이상** 이다

남북통일과 세계의 화합과
평화를 염원하며 작곡했다

"나는 남한과 북한, 동양과 서양, 고전과 현대의 경계에 서서
화합을 모색해 왔다. 우리 민족혼을 바탕으로 민주화와
통일을 갈망했고 세계가 전쟁과 핵 공포에서 벗어나
평화와 평등의 세상으로 나가기를 바랐다.
내 음악은 이 모든 염원의 표상이다"
-윤이상이 독자에게-

박선욱 지음 l 값 14,800원